智慧公主马小岚纯美爱藏本27

晓星猫

xiaoxingmao
de damaoxian

的大冒险

马翠萝　著

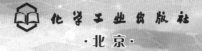

化学工业出版社

·北京·

原版书名：公主传奇　晓星猫的大冒险　　原版作者：马翠萝

本书为新雅文化事业有限公司授权化学工业出版社有限公司在中国内地
出版中文简体字版本。

本书仅限在中国内地（大陆）销售，不得销往中国香港、澳门和台湾地区。

未经许可，不得以任何方式复制或抄袭本书中的任何部分，违者必究。

北京市版权局著作权合同登记号：01-2022-3604

图书在版编目（CIP）数据

晓星猫的大冒险／马翠萝著．-- 北京：化学工业
出版社，2022.8．--（智慧公主马小岚纯美爱藏本）．
ISBN 978-7-122-41687-2

Ⅰ．Ⅰ287.5

中国国家版本馆 CIP 数据核字第 2024GG7186 号

责任编辑：张素芳　　　　　　　　　装帧设计：关　飞
责任校对：宋　夏

出版发行：化学工业出版社（北京市东城区青年湖南街 13 号　邮政编码 100011）
印　　装：河北京平诚乾印刷有限公司
880mm×1230mm　1/32　印张 5½　字数 100 千字　2025 年 1 月北京第 1 版第 1 次印刷

购书咨询：010-64518888　　　　　　　售后服务：010-64518899
网　　址：http://www.cip.com.cn
凡购买本书，如有缺损质量问题，本社销售中心负责调换。

定　　价：25.00 元

目录

第1章　一张请柬引来的大祸　　　　　　　　1

第2章　变成一只猫　　　　　　　　　　　8

第3章　猫猫大逃亡　　　　　　　　　　　16

第4章　救出小毛球　　　　　　　　　　　24

第5章　猫和猫之间的战争　　　　　　　　34

第6章　有坏蛋!　　　　　　　　　　　　41

第7章　救了一车小朋友　　　　　　　　　47

第8章　向乌莎努尔进发　　　　　　　　　55

第 9 章　太受欢迎的烦恼　　　　　　　　　63

第 10 章　我就是晓星啊!　　　　　　　　72

第 11 章　憋屈的晓星　　　　　　　　　　84

第 12 章　猫和小香猪的相遇　　　　　　　90

第 13 章　助人为快乐之本　　　　　　　　97

第 14 章　另一个时空的晓星是猫?　　　　108

第 15 章　我是一只有爱心的猫　　　　　　120

第 16 章　赈灾会演中的神奇小猫　　　　　　126

第 17 章　公主的猫　　　　　　136

第 18 章　小毛球不见了　　　　　　142

第 19 章　小猫晓星的大追踪　　　　　　150

第 20 章　用两只脚走路的猫　　　　　　156

第 21 章　全民宠猫　　　　　　163

周晓星

周晓晴的弟弟，一个风趣幽默的淘气精，不时有天马行空的奇怪想法。

马小岚

来自香港的乌莎努尔公主，聪明美丽、正直善良，敢于向困难挑战，最喜欢说的话是"天下事难不倒马小岚"。

✤ 万卡 ✤

乌莎努尔公国第十九代国王，风度翩翩、英勇果敢。是国民眼中的好君王，小岚和晓晴、晓星心目中的暖心大哥哥。

✤ 周晓晴 ✤

马小岚的好朋友，漂亮活泼，喜欢打扮，最常做的事是和弟弟斗气。

第 1 章
一张请柬引来的大祸

　　唉——小岚叹了一口气。

　　唉——小岚又叹了一口气。

　　唉——小岚又又叹了一口气。

　　怎么啦？幸福的小公主，天下事难不倒的马小岚，遇到什么不顺心的事了？

　　小岚两眼直瞪瞪地看着手里的信封，信封里面有一张装帧精美的邀请卡，那是出席五年一次的世界福尔摩斯刑侦交流大会的请柬。今年的主办国是朱地国。

　　五年才举办一次的刑侦交流大会啊，能听到许多惊险刺激的案例，能学到许多书本里学不到的破案手法，能见

到许多侦探界的大 BOSS……

　　这是小岚期待已久的一次盛会。上一次举办时，小岚还是个小不点，根本没资格参加，今次好不容易接到请柬了，却又……

　　交流大会的时间，刚好小岚要跟随万卡国王出国访问，那是半年前就已经定了的事，有关新闻公告也已经向全世界发布，无法更改。

　　唉，小岚又又又叹了一口气，只能忍痛割爱，便宜晓星那小屁孩了。"晓星！"小岚看向不远处逗小猪笨笨玩的那个家伙，喊道。

　　"来了来了！"晓星噔噔噔跑过来，"小岚姐姐有什么事？"

　　小岚把请柬从信封里拿出来，递给晓星："世界福尔摩斯刑侦交流大会，你代表我去参加吧！"

　　"什么？！"晓星跳了起来，"你说的是真的？你真的让我去参加交流大会呀？"

　　"废话少说，拿着！"小岚不耐烦地把请柬塞到晓星手里。

　　"哇，天上掉下炸鸡腿，发达啰！没想到我会有这么一个奇妙的暑假！"晓星高兴地吻了一下请柬，又对小岚来了一个夸张的九十度鞠躬，"谢谢小岚姐姐！"

"走吧走吧，在我改变主意之前离开我的视线。"小岚痛心疾首地挥了挥手。

"遵命！"晓星一溜烟跑了。

其实他也真是怕小岚改变主意，把请柬抢回去呢！

"注意安全，别给我闯祸！"小岚冲他背影喊了一句。

"知道了！"隐约听到的回答。

这一刻，他们都不知道自己的决定会产生什么后果，如果知道的话，小岚宁愿把请柬扔进月影湖里，也不把它交给晓星。可惜，人没有预知未来的能力。

今晚注定是一个不平静的夜晚，小岚拿着空信封嗟叹了一夜，晓星看着请柬兴奋了一夜，晓晴为小岚不把请柬给她幽怨了一夜。

第二天一早，晓星趁着姐姐还没有起床，服侍他的宫女姐姐也都还在梦中，一个人拖着旅行箱悄悄出了宫，直奔机场而去。

干吗这么鬼祟？为了无拘无束呗。因为不放心他一个人出国，万卡哥哥硬是派了两名男保镖、两名女助理陪同前去。但晓星宝宝不愿意啊，难得有一次海阔天空任鸟飞，想怎么疯就怎么疯，想怎么玩就怎么玩，哪肯让四个大人约束自己，于是就有了晓星悄悄离开这一幕。

就这样，晓星一个人踏上旅途，带着满心的欢喜来到了风光旖旎的朱地国。他根本没有想到，等着他的是一场怎样的劫难。

找到会议订下的酒店，在接待处出示请柬，热情有礼的职员马上接过行李，把晓星带到大会预先分配好的房间。职员又耐心地把酒店及房间各设施介绍了一次，包括在哪里进餐，房间的电话怎样打出，冷气和洗澡水怎样调校，咖啡壶使用方法等等，态度非常好，令客人有宾至如归的感觉。

职员走后，晓星把自己扔到了那张又大又软的床上，然后在上面滚来滚去，心情真是愉悦极了。两天之后，就可以见到全世界许多最厉害最了不起的侦探大师，可以以世界福尔摩斯刑侦交流大会参加者身份发朋友圈吹牛皮，晓星兴奋得一边滚一边唱起他很喜欢的一首动画片主题曲《我是一只羊》：

"喜羊羊，美羊羊，懒羊羊，沸羊羊，

慢羊羊，软绵绵，红太狼，灰太狼。

别看我只是一只羊，

绿草因为我变得更香，

天空因为我变得更蓝，

白云因为我变得柔软……"

一阵手机铃声响起，晓星赶紧接了电话："喂喂……"

"你这个坏小孩……"高八度的女声，吓得晓星差点把手机扔了。

是野蛮姐姐晓晴的声音。

"我来我来。"电话那头传来小岚的说话声，"晓星小坏蛋，你很好，你真的很好。竟然自己一个人去了朱地国，早知道就不把请柬给你！"

"我错了，我大大的错了，小岚姐姐请别生气哦！"晓星赶紧认错，因为他知道一认错小岚姐姐就会心软的。

果然，小岚声音没那么严厉了："臭小孩，回来再惩罚你。一个人在那边要小心……"

"是，是，是……"也不管对方不会看见，晓星仍然一边说一边使劲点头，态度简直没有更好了。

"每天晚上发信息报平安，少了一次就派人去把你抓回来……"

"好，好，好……"

小岚说完，晓晴又接过电话继续说，呱啦呱啦、吧啦吧啦、叽叽喳喳……后来还是看在晓星态度诚恳才住了嘴，

挂上电话。

"唉，终于逃过大难了。"晓星仰面朝天躺在床上，感觉比经历了一次长跑还累。

真是"生命中不能承受的唠叨"啊！

晓星肚子不争气地响了两下，才想起该是吃饭的时候了。

晓星爬起来，按职员姐姐教的去拨号叫晚餐。旅途很累，被姐姐唠叨更累，得补充能量，于是，晓星点了比平常多一倍的食物——

开胃菜点了鹅肝冻、焗蜗牛；汤嘛，南瓜汤好了；蔬菜料理要了一个奶汁焗花菜，另外还叫了奶焗龙虾、香槟酱淋牛肉卷；主食来个鸡肝烩饭好了；饭后甜点？嗯，焦糖布丁，苹果薄饼，冰淇淋。

相信读者看着都觉得肚子胀，晓星，你吃得完吗？

不过每款分量都不多，对大胃王晓星来说不在话下。而实际上，食物都统统装进他的肚子里了。

吃饱喝足，晓星拿着手机玩了一会儿游戏，突然想起会议开始后活动肯定很丰富，很可能没时间发信息，还是一口气把信息写完，设定发出时间，每天晚上发一条。这样就可以让哥哥姐姐们放心，而自己也不用天天惦记着发信息的事情了。

于是，晓星手指灵活地写了很多条简单的信息，又设定了每条发出时间，然后把手机往床上一扔，嘿，大功告成！

晓星打了一个大大的呵欠，觉得有点困，看看墙上挂钟，才九点呢。嗯，还是洗洗睡吧！正式会议后天才开始，明天早点起来去外面走走，领略一下异国风情……

第 *2* 章
变成一只猫

墙上挂钟显示着晚上十点，躺在床上的晓星已经熟睡了。偶尔咂咂嘴，也许是梦中还回味着那顿美味的晚餐。

睡得很香的他完全不知道，一场危险正悄悄逼近。

楼下大堂走进了两名长相英俊的男青年，他们走到前台，温文有礼地跟酒店女职员对话。

"美丽的小姐，能向你打听一件事吗？"青年甲彬彬有礼地问道。

好话人人都爱听，女职员心里甜滋滋的，温柔地回应："不用客气，请说。"

青年乙微笑着说："请问来参加刑侦大会的乌莎努尔代

表入住了吗？"

"请稍等。"女职员翻了一下住客登记册，然后回答，"到了。请问你们是他的……"

两青年异口同声说："我们是朋友。"

女职员点点头："客人住在二十楼，2020房间。"

青年甲问："我们可以上去看朋友吗？"

按规定，职员要打电话上房间，跟住客确认一下来访人身份的，但人家这么客气，还叫自己漂亮小姐，所以女职员决定给予方便。她点点头："当然可以。你们登记一下名字就可以进去。"

两人在女职员出示的访客登记簿上写下了自己的名字，女职员看到，青年甲名叫非天，青年乙叫敦棣。女职员心想，人帅，就连名字也特别啊！

非天、敦棣向女职员表示谢意，然后朝电梯走去。随着电梯关上，两人脸上的温文不见了，代替的是警惕和冷漠。

"叮！"电梯在二十楼停下，两人走了出去，鬼鬼祟祟地朝两边张望，走道上静悄悄的，一个人也没有。两人互相看了一眼，点点头，情况良好，可以开始计划。

他们顺利地找到2020号房间，非天把耳朵贴在门上听了一会儿，没听到里面有声音，里面的人应该睡了。于是

从口袋掏出一根铁丝，在钥匙孔里戳了几下，然后一扭，门开了。

两人迅速走进了房间，又轻轻地把门带上了。

房间里很黑，厚重的窗帘挡住了外面五光十色的霓虹灯，两人站了一会儿才适应了黑暗。依稀见到房间内的情景，看到床上有人盖着一张被子，一动不动的，看来是睡了。

敦棣说："这么大一个人，带出酒店目标太大了。被人发现怎么办！"

"我早有准备。"非天说完，从口袋里拿出一个小瓶子。

"这是什么？"敦棣问。

非天得意地说："变异喷雾。实验室那班科学怪人刚研究出来的，只此一瓶，我去偷来了。把喷雾喷脸上，可以把人变成动物。"

敦棣大吃一惊："难道你想把人变成动物带走？这办法好是好，但回去怎么跟大王交代。大王是吩咐我们把人带回去，用来威胁被幽禁的女王夫妇，让他们屈服的。"

"笨蛋，回到蔚蓝星球，再把她变回人就行了。"非天说着，摸摸脑袋，"变成什么好呢？"

敦棣想了想说："嗯，变成猫好了，不惹人注意。"

非天点点头，走近床边，把小瓶子朝床上人的脸部一

喷……

怪异的事情发生了，床上的被子在迅速下陷，被子盖着的人迅速变小，缩呀缩呀变成了小小的一团。

"成了成了，这变异喷雾果然奇妙！"敦棣惊讶地说。他又问："那你知道怎么让猫恢复人身吗？"

非天得意地说："我早打听清楚了。实验室那班科学怪人喜欢看动画片《喜羊羊与灰太狼》，所以设定了恢复密码，就是唱这部动画片里的一首歌'我是一只羊'。"

"哦，这个容易，我也会唱这首歌。"敦棣又担心地说，"等下我们带着她出去，她会喊叫吗？叫起来我们会有麻烦。"

"不会的。变异喷雾里含有迷药，起码七八个小时不会醒来。"非天看了看手机上的时间，"我们该走了。来，把她拎进你的背包里。"

非天又走到书桌前，拿了一支笔写了一张字条，内容大意是：我是住 2020 房间的客人，临时有急事回国，无法参加会议了，谢谢接待等。写好后，他把字条放在桌子上。

"走！"非天拉着晓星放在房间一角的旅行箱，打开房门，走了出去。敦棣背着背包跟在后面，也走出了房间。

他们坐电梯下到大堂，之前接待他们的几名职员已经不见了，应该是换班了。刚上班的几个人，见了非天和敦棣，以为他们是住在酒店的客人，微笑着朝两人点了点头，说了声："慢走。"

这里的机场通宵运作，所以常有客人晚上甚至半夜离开酒店去机场，所以职员对拖着旅行箱离开的客人，丝毫不觉得有什么问题。

非天和敦棣作完案后，就这样大模大样地离开了酒店。

出了酒店，非天去停车场把一辆敞篷跑车开了出来，敦棣坐上后，便上路了。

敦棣问："飞行器什么时候来接？"

非天全神贯注地开着车，答道："零时零分，在之前降落的地方接我们。"

"那现在开车去正好，时间差不多。"敦棣看了看手表，说。

经过一处垃圾场，非天停下车，把晓星的旅行箱拿下来，扔进了那小山般的垃圾里，然后又开车了。

车子走了大约半小时，突然，非天喊了一声"糟糕"，来了个紧急刹车，车子"嘎"地一声停住了。

"我的天！"非天惊魂稍定，才发现自己刚刚差点撞到人了。

离车头仅几尺处，有两个十七八岁的小伙子正傻愣愣

地看着他们。

敦棣猝不及防，头撞到前面挡风玻璃上，疼得他龇牙咧嘴。他见到前面两个行人，以为非天是为了避他们而刹车，便大骂："不长眼的东西，找死吗！"

那两个人好好地走路，不但差点被撞到，还被人骂，只是见到敦棣一副凶相，不敢出声，急忙走了。

"是车子出了问题，我才紧急刹车的，不关那两个人事。"非天见到敦棣骂骂咧咧的，皱着眉头说，"好了，别骂了。我下车看看。"

一会儿，他大声说："敦棣你下车来帮帮我，前轮车胎爆了，得换一个。"

"哦！"敦棣应了一声，把背包放在座位上，下车了。

两人手忙脚乱地忙着换车胎，没发现刚才那两个行人没有离开，而是躲到路边一棵树的后面。这两人本来就是街上吊儿郎当、唯恐天下不乱的小流氓，差点被撞到还被骂，早已一肚子气，所以他们并没有离开，而是躲起来想找机会报复。等了一会儿，他们发现车上的两个人都下了车换车胎。

其中一个个子高点的小流氓，指指敦棣放在车上的背包，说："我去把那背包偷了。哼哼，给他们点教训。"

小流氓说完，悄悄接近跑车，趁那两人埋头换轮胎，抓起背包就跑。

两人跑了几条街，见到没有人追上来，才停住了。

高个子打开背包说："看看袋里有些什么！"

另一个矮点的伸手一摸，摸了一手毛，不禁惊叫一声："妈呀！什么东西呀？软软的。"

高个子胆子大点："我看看！"说完把手机的电筒功能打开，照了照敞开的背包。

咦，一只黄色的猫？！

矮个子很泄气："倒霉，还以为有什么值钱东西呢！竟然是一只没用的猫。"

"这家伙睡得真死，要不是身上是暖的，还以为死掉了呢！"高个子摸摸那猫，猫一动不动的，"也不是没用的。不是有人专门收购猫吗？把这猫卖给他们。虽然钱不多，但也够吃顿早餐。"

矮个子说："也好，现在就去卖，省得带回家麻烦。"

高个子说："好，走吧，免得那俩家伙追来就麻烦了。"

第3章
猫猫大逃亡

"喵~~"

"喵喵~~"

"喵喵喵~~"

大清早晓星被猫叫声吵醒了。叫的还不上一只猫。

好奇怪哦，这酒店怎么养了这么多猫。

眼睛困得睁不开了，他用手擦擦眼睛。咦，感觉有点不对啊！这手……

他半睁开眼睛，就着晨光看了看。脑子里"轰"的一声，啊，天哪，自己那五根白皙细长的手指哪去了，怎么变成了爪子，还是有毛的爪子！再看看身上，一身黄色的短毛，四只毛茸茸的脚,后面一条细长的尾巴——分明是一只猫!

再没比这更惊悚的事了,自己竟变成了一只猫!

晓星顿时方寸大乱,怎么会这样?发生什么事了?回想昨晚睡觉时,自己还是那个英俊潇洒、玉树临风的晓星公子呀!

脑子里一个声音在叫着:回家,找小岚姐姐!他拔腿就跑,可是却砰的一声撞到一道铁网上,他顿时晕了一晕,跌倒地上。

当他定下神来,马上发现了一件更可怕的事——自己并不是在那个舒适的酒店房间,也不是在那张又大又软的床上,而是身在一间仓库模样的屋子里,被关在一个小小的铁笼子。在他周围,还有很多大大小小的关着猫的铁笼子。

我害怕,我想回家!小岚姐姐,晓晴姐姐,救我!

晓星吓得浑身发抖,他想大叫,于是,他喊了一声——喵呜——啊,自己连人话也不能说了。

"呜呜呜——"晓星低声哀叫着,可怜极了。

突然听到门外有汽车停下的声音,接着听到越来越近的说话声。有人来了!晓星急忙抬头看,只见一男一女两个人推门走了进来。晓星很高兴,急忙大叫:"救我,救我!"只是很可惜发出的声音是"噢呜……噢呜……"

晓星这么一叫，刚刚停下来的猫叫声又响起来了，整间屋子里都是"喵喵喵""噢呜噢呜"……

"吵死了！"女人一脸的厌恶，"阿来，悦南国来运猫的货车几点钟到？这批猫囤得太久了，从最早送来的那十几只算起，都快二十天了吧！"

"詹妮，你别着急。"那个叫阿来的男人说："刚通过电话，两个小时后到。"

"哦。"詹妮点点头，又说："真不明白，悦南国的人为什么这样喜欢吃猫肉。听说他们每年大约要吃四百万只猫。"

阿来说："是呀，猫肉在他们国家是最美味的佳肴，猫都快让他们吃绝种了，所以要到别的国家买。"

"这次这批猫能挣多少钱？"詹妮问。

阿来得意地说："有五十多万。猫大多是偷来的，不用本钱；小部分是从一些小流氓手里买的，也很便宜。本小利大的生意呢！"

"太好了，这钱真好挣。"詹妮很贪婪，"我们再干几年，就成千万富翁了，哈哈哈！"

阿来说："赶快点点猫数吧，点完咱们去吃早餐，然后再把第二仓库的猫带过来，那悦南国的货车也差不多到了。"

晓星吓得浑身发抖，原来变成猫还不是最可怕，最可怕的是他快要成为悦南人餐桌上的美食了。

那两个人点了一下猫的数目，然后离开了。不知过了多久，晓星才从极度的恐惧中清醒过来。得想办法逃走，然后想办法回乌莎努尔。一个人要学会坚强。哦不，现在是一只猫要学会坚强了。喵呜！

晓星观察了一下关着自己的铁笼子，见到有个小门，一根小拇指般粗的铁插销，把小门从外面锁住。

他从铁丝笼子的格子伸出爪子，去拨那插销，平时轻轻一拉就可以拉开的插销，这时他拨了一次又一次，手都酸了，都没能把插销拨动。

拨着拨着，他突然打了个战，抬头张望，才发现自己被许多双闪闪发光的眼睛死死盯着。显然，它们都明白晓星在干什么。

晓星没工夫理它们，又伸手去拨，一下，两下，三下……噢呜，终于把插销拨动了。就这样，一点一点地，啪的一声，终于把插销拨开，小门也随即打开了。成功了，晓星欢呼着，喵喵叫着跑出了笼子。

其他猫立刻全都眼冒绿光地看着那只会打开笼子的超级猫，号叫着，蹦跳着，希望引起他注意，希望他来救自己一命。

晓星没理它们，他抬头四处观察着，看可以怎样从这屋子逃出去，因为大门是关着的。

这显然是一间用来存放货品的仓库，为防小偷，所以四面完全没有窗子。晓星没有放弃，继续抬起头来看着、找着。咦，屋子上方有个用来通风的直径二十多厘米的圆形窗口，虽然不大，但一只猫应该可以通过了。只是……窗子离地面太高了，以一只猫的力量，真没可能跳上去。

要找梯子，或者找椅子、桌子等东西做中转，但显然仓库里没有这些东西。一百多平方米的屋子里，除了猫就是关猫的用铁丝绕成的笼子。

笼子！晓星眼睛一亮，视线落在一个一米见方的正方形笼子上。这笼子可用！可以先爬上笼子的顶部，再从那里跳上窗子。不过，首先要把笼子推到窗子下面。

那个笼子离窗子这边距离十来米，以自己一猫之力，无法把它推过来。猫多力量大，唯有大家一起推了。但那些只会嗷嗷叫的家伙，不知可不可以做到。

也只能试试了。晓星于是向那个笼子走去。大笼子里放了起码二十多只猫，见到晓星朝它们走去，激动极了，它们喵喵叫着，有的还把猫爪从铁丝格子中往外面伸，像招财猫一样向晓星招手。

而其他笼子的猫见到，都又急又妒忌，一只只仰着脖子叫着，提醒晓星别忘了它们。

晓星气定神闲地走近大笼子，伸出手去拔插销。在笼子外面做这事，比在笼子里有利多了，只拨了几下，插销就动了，门很快被打开。

猫们争先恐后跑了出来，然后又慌不择路地在屋子里疯跑，寻找能逃命的出口。

也有猫发现了墙上的窗口，往窗口扑去，但都因为窗口太高够不着。

这时还被关在笼子里的猫号叫得更厉害了，见到有猫被救，但那只超级猫好像没有继续打开笼子的意思，它们都急了。大家都是猫好不好，别那么偏心嘛！

晓星没理它们，他在等，等那些满屋子找出口的蠢家伙走投无路时再来求他。

果然，过了一会儿，那些到处碰壁的家伙知道出不去了，于是一只只跑了过来，朝那只很厉害的超级猫有气无力地叫着，请求帮助。

晓星朝它们看了一眼，又喵了一声，让它们跟着自己

做，然后绕到那个空笼子后面，用手拍拍笼子，做出使劲推的动作。他忘了自己只是一只猫，所以推的动作猛了一点，顿时一个趔趄，滚倒在地。

还真的有几只聪明的猫明白了晓星的暗示，知道是叫它们照着做。于是也过来推一下笼子，然后滚倒在地。其他不那么聪明的猫虽然收不到暗示，但觉得跟着超级猫做错不了，便也纷纷过来推笼子、滚地。

晓星睁大双猫眼哭笑不得，这些家伙真是蠢死了！

"喵！"晓星大叫一声，又绕到笼子后面，做出推笼子的动作。

那几只聪明猫马上跑过去，挤在晓星身边推笼子，其他不那么聪明的猫也一只接一只加入了。但也有几只猫觉得还是逃命要紧，于是继续扑墙的扑墙，疯跑的疯跑。

很快，仓库里出现了一个很奇特的场面，十多二十只猫用前爪推着铁丝笼子，晓星本来想喊着口令让大家一齐使劲，可惜喊出来只是"喵、喵、喵"，不过晓星没想到这声音竟然也起了作用，那些猫竟然也跟着"喵、喵、喵"在一下一下地使劲。猫多力量大，笼子竟然被推动了，一步，两步，三步……

尽管过程中有的猫偷懒赖在地上挠痒痒，有的猫不小心跌倒了便躺着装死，还有的猫见到小飞虫便只顾去扑，但大多数猫还是能坚持到底，直到把笼子推到了窗子下面。

这下子，几乎所有猫都知道晓星推笼子的用意了，一只大黑猫率先行动，它利索地抓着铁丝格子爬到笼子顶上，又再往上一纵，跳上了窗子。它伸出猫头朝外面看看，发现没有危险，便往屋外一跳，投奔自由去了。于是一只接一只猫，像大黑猫那样逃了出去。

其他仍被关在笼子里的猫可激动了，它们除了大声叫喊，还用头去撞笼子的门，用身体去挤笼子的门。晓星见到大笼子的猫已跑得差不多了，便开始释放其他笼子里的猫。

重获自由的猫那个激动啊，扑腾着，挤着，争相朝那个代表活路的出口奔去，有时一下子几只猫挤在窗口，谁也出不去，结果用力一挤，几只猫同时从窗口掉下去了。看得晓星直摇头，心里暗骂"蠢家伙"。

好在猫们都身手敏捷，没有出现伤亡。

就这样，一个笼子的猫跑得差不多了，晓星再放另一个笼子的猫出来，终于等到最后一只猫从窗口消失，他才大大地舒了一口气。

第 *4* 章
救出小毛球

晓星正准备离开，他回头看了仓库一眼，眼睛扫到了一个敞开的笼子里，趴着一只黑白参半的花猫。

"怎么还不走，等死啊！"晓星很生气，怎么还有猫这么不珍惜机会，他张嘴怒喊，只可惜，发出的仍只是一连串的喵喵声。

晓星急忙走过去，跳进了笼子。他伸出猫爪去推了推花猫，让它赶紧起来逃命。花猫被他这一推，身子挪开了一点，竟然从它身下露出了一个毛茸茸的球球。

球球动了动，露出了一个圆圆的小脑袋，两只圆溜溜水汪汪的眼睛。那是一只小花猫，一只巴掌般大的小毛球，看上去出生不久的样子。

相信偷猫贼不会偷这么一丁点大、没有几两肉的猫，极有可能是猫妈妈被抓后在牢笼里把它生下来的。这些偷猫贼真是坏透顶了，连怀着小宝宝的母猫也抓。

晓星再看向猫妈妈，发现它十分虚弱，好像连站起来的力气也没有，怪不得没有跟其他猫一块逃走。

猫妈妈艰难地用爪把小毛球往晓星跟前推了推。晓星明白，猫妈妈想让自己带小毛球逃走。

晓星看着猫妈妈，心里很犹豫。他不能扔下猫妈妈不管，偷猫贼回来不见了所有的猫，一定把怒火都发泄在猫妈妈身上……

先把小毛球背出去，然后看能不能找人来救猫妈妈。打定主意，晓星便喵了一声，然后伏在小毛球面前，示意它趴到自己背上。

不知道小毛球是没明白晓星的意思，还是不想离开妈妈，它没理会晓星，只是一个劲地朝妈妈身下拱。

上来呀，上来呀！晓星盯着小毛球，心里着急地呐喊着。算算时间，那两个偷猫贼随时会回来。

正在折腾时，听到外面有汽车停下的声音，接着是人交谈的声音：

"咦，好安静啊，那些死猫怎么都不吭声了。"

"哈哈，想是知道自己死期近了，在害怕呢！"

"开门的钥匙呢？"

"不是在你那里吗？你好像放手提袋了。你找找。"

"噢，在这里。"

不好了，偷猫贼回来了！

晓星急了，他看了猫妈妈一眼，然后用嘴叼住小毛球的脖子，扭头就跑。身后，猫妈妈"喵呜"地哀叫了一声，像是跟自己的孩子告别。而小毛球也扭着身子，喵喵地叫着，想回到妈妈身边去。

晓星不管那么多了，逃命要紧，嘴里叼着小毛球，妨碍了他攀爬笼子，只好孤注一掷了，他使劲往上一纵，往笼子顶上跳去。幸好成功了，他落到笼子顶上。晓星趁势再朝着窗口一纵身，但这次没那么好运了，差一点点没到达那里，啪嗒一声掉回笼子顶上。

正在这时，仓库的大门锁"咔嚓"一声开了，接着听到那个男偷猫贼阿来大喊一声："啊，猫呢？！"

"咦，那里有一只！不，两只！快点，抓住它们！"女偷猫贼詹妮尖叫道。

"你们逃不了啦！"阿来怒气冲冲向站在笼子顶上的晓

星扑去。

晓星吃惊之下，竟然呆住了。眼看阿来的手快要抓到他了。

突然，"啊，痛死我了！"阿来一声惨叫，扑倒在地。原来是那虚弱的猫妈妈，不知哪来的力气，一口咬住了阿来的脚踝。

"打死它，詹妮，给我打死它……"阿来一边怪叫着，一边用另一只脚去踹猫妈妈。

晓星被猫妈妈的勇敢所震撼，为了不辜负猫妈妈用生命为他们赢来的逃跑机会，他拼尽全力往上一纵，这回刚刚落到了窗口上，他又接着往外面一跃，落到屋外，然后拔腿就跑。

猫妈妈，永别了，我会替你好好照顾小毛球的。

关着猫的仓库在一处很偏僻的地方，一条长长的水泥路向远处延伸，两旁都是无人的荒野。水泥路上来往的车不多，很久才有一辆咣咣当当地驶过。晓星在大路上跑得小心翼翼的，一听到车声就赶紧躲进路旁的草丛中，生怕偷猫贼开车追出来，路面的僻静肯定让他们一眼就看到。

就这样，晓星叼着小毛球，跑呀跑呀，跑到气吁吁的，实在跑不动才停了下来。

他走到一块青青的草坪，把小毛球放到地上。而自己也很没有仪态地四脚朝天，瘫倒地上。

"喵——"小毛球站了起来，晃了晃身上凌乱的毛，委委屈屈地叫了一声，像是投诉晓星把它叼得太不舒服了。

晓星朝那家伙龇了一下小尖牙，心想，要不是带着你这个小东西，我还不至于这样狼狈呢！不过看在你伟大的猫妈妈份上，原谅你的不懂事吧！

晓星安抚地用爪子拍了拍小毛球，小毛球感受到他的善意，用小小的脑袋去拱了拱晓星，然后挨着他坐了下来，像是把他当成了依靠。

望不到边的公路上，一只小猫和一只更小的猫，相互依偎着。

"喵——"小毛球弱弱地叫了几声，晓星既然做了猫，也大概明白它要表达什么：小毛球肚子饿了。

晓星肚子也很饿。实际上，他自从昨天吃了那顿丰盛的晚饭后，便再也没有东西下过肚。

小毛球望着天上很像一条小鱼的火烧云流口水，小舌头伸了出来，不住地舔着嘴唇。而晓星就望着咸蛋黄般的夕阳发呆，有一个蛋黄莲蓉包就好了。

看来今晚要在这里歇息了，但怎么解决饥饿问题呢？

　　路旁有一条小河，里面不知道有没有鱼。不过即使有也没有钓鱼的工具。晓星突然想起看过的一个童话，一只猫把自己的尾巴伸进河水钓起了一条鱼的故事。

　　自己也可以试试啊！于是，晓星跑到小河边，把尾巴放进水里。小毛球很好奇，不知道猫哥哥在玩什么游戏，它也想学晓星把尾巴放进水里，只是它的尾巴太短了，怎么也够不到水，只好放弃了，在一旁看热闹。

　　河水挺冷的，不一会儿，晓星就打了十几个喷嚏，吓得他赶紧收起尾巴。千万别冷病了，自己可没钱看病。小毛球没热闹看了，又想起空空的肚子来了，喵喵地叫着要吃的。

　　晓星好烦恼，上哪找吃的呢？

　　突然，"噗"！什么东西掉到脑袋上，晓星低头一看，是一颗紫红色的小果实。啊，是桑葚！

　　原来他们正站在一棵桑树下呢！晓星可高兴了，桑葚味甜汁多，又好吃又饱肚子。嫣明苑里就有一棵枝叶茂盛的桑树，每年四至六月份，桑葚成熟时，小岚姐姐都会让人把桑葚摘下来，搞一个桑葚大会，整个嫣明苑的人一起分享。

晓星高兴得喵喵叫着，用爪子抓住树干就往树上爬。嗖嗖嗖，几下就爬到树上了。晓星有点小兴奋，哇，原来做猫有这样的好处，爬树就是利落。他用爪子抓了几串熟的桑椹，用嘴叼着，然后跳下树来。扔了一串给小毛球，自己就抓着一串，一口一颗桑椹吃得好痛快。

吃完一串，肚子里终于有点东西，不那么饿了，正想继续吃第二串，却发现小毛球惊疑地看着桑椹，不敢下嘴。

蠢家伙！晓星用爪子抓下一颗桑椹，拍进小毛球嘴里。小毛球一开始像吃药那样龇牙咧嘴，一副很难为它的样子，但咀嚼了几下之后，便尝到甜头了，它很快咽下一颗桑椹，用小舌头舔了舔嘴唇，又用两只前爪按住桑椹串，用小尖牙咬下一颗。然后又吃了起来，大眼睛眯着，十分享受的样子。

就这样，两个难兄难弟愉快地享用桑椹，一直吃到小肚子滚圆滚圆的。

饱暖思睡觉，小毛球张大嘴巴打了个大大的呵欠，露出被桑椹染红了的小尖牙。晓星无意中一瞅，吓得立刻跳离小毛球几尺远，哇，好像刚吃了人的吸血鬼！

这是桑椹惹的祸！晓星知道自己肯定跟小毛球一个样，急忙跑到小河边，把嘴巴伸到水里洗洗。河水马上红了一片。

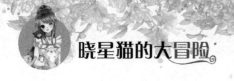

回头走向小毛球，把它捉住往河边拉。小毛球还不乐意呢，用小爪子拼命抓住脚下泥土。但到底拼不过比它大了一圈的晓星，被拉到水边——洗嘴巴。

在小毛球不满的号叫声中，小尖牙被河水洗得慢慢变回白色了，晓星这才放了它。小毛球认为自己被欺负了，喵喵地向晓星投诉，不过可能是太困了，喵着喵着，便靠着晓星睡了。

听着身边小毛球呼噜呼噜的打鼾声，晓星一点睡意也没有。也许是晓星成了一只小猫，体积变小了的缘故，看向天空时，只觉得比以往任何时候都更为浩渺，更加广袤无垠，天地间的一只猫是那么渺小。

白天晓星只顾逃命，没有时间去想别的，现在安静下来，便感到无比的无助和害怕。

不知道小岚姐姐，万卡哥哥，还有晓晴姐姐现在都在干什么，可有想念自己？可曾想到在同一片天空下的自己变成了一只猫？

还能回到亲人和朋友们身边吗？还能重新变回人吗？

要是回不去怎么办？要是以后都只能做一只猫怎么办？

晓星觉得从来没有过的害怕，从来没有过的孤独，从来没有过的悲伤，他小声地哭了。

猫眼里两串眼泪流了下来，吧嗒地落到小毛球的脑袋上。小毛球睁开惺忪的眼睛，它困惑地用毛爪挠挠脑袋，一脸懵逼地看看晓星，突然，它伸出爪子，轻轻地拍拍晓星的眼角，像是为他揩眼泪。

晓星心里一暖，自己并不孤独，自己不是有小毛球陪着吗？

他伸手搂着小毛球，慢慢进入了梦乡。

第 5 章
猫和猫之间的战争

晓星是让一辆驶过的汽车轰鸣声吵醒的，他睁开了眼睛。天还没大亮，天上还有细碎的星星在闪烁。

身边的小毛球似乎有点怕冷，它把自己攒成小小的一团，用以保暖。

晓星抿了抿耳朵，心想时间已经过去十几个小时，被偷猫贼抓回去的危险应该已经解除了吧。反正几百只猫已经逃走了，剩下他和小毛球两只猫，那一男一女也没必要费那么大的劲，不死不休非要抓它们回去不可。接下来得赶快想办法回乌莎努尔，看看天下事难不倒的小岚姐姐能不能把自己变回人。

晓星爬上树摘了几串桑椹，噼里啪啦扔到地上。小毛球被吵醒了，它张开小嘴巴打了个呵欠，然后爬了起来。它见到地上的桑椹，认得是之前吃过的好吃的甜品，便高兴地扑上去叼了一颗，咔嚓咔嚓吃了起来。两只猫吃饱了桑椹，便又开始了长征。

这回晓星不再是叼着小毛球走了，他让小家伙爬上自己的背，背着它走。

小毛球老担心掉下去，四只小毛爪把晓星抱得紧紧的，小身子不住地战抖。幸好不一会儿它就适应了，还觉得自己骑在猫哥哥背上挺威风的，隔一会儿就亮开嗓子叫几声。

晓星本身也只是一只小猫，背着小毛球走了不多久就累了，只好休息一会儿再走。就这样走走停停的，一直走到中午时分，终于看到前面有房子，市区到了。

经过的房子都是带小院子的独立小屋，从小院子的木栅门看进去，许多小院子都种了花，风一吹，闻到阵阵清香。晓星这时又累了，他停下脚步四处张望，想找个可以歇脚的地方。

"喵——"小毛球突然叫了一声，它圆溜溜的眼睛死死地盯着一户人家的小院子。晓星顺着它目光看去，看到小院子里种了很多红玫瑰和白玫瑰，花丛旁边，有一只胖胖

的波斯猫，正把脑袋埋进一只碗里，吃得正香。

从昨天到今天早上，他们都只是用桑椹充饥，而那些桑椹不顶饿，所以两只猫早就饿得肚子咕咕叫了。

胖猫抬起头，发现有两只猫在觊觎自己的午餐，大怒。它嘴里发出"噢呜"的怪叫，前爪伏低，后脚蹬直，屁股撅着，一副蓄势准备攻击敌人的姿势。

"小胖，吵什么！好好吃饭。"随着声音，从屋里走出了一个小姐姐。

小姐姐发现了小胖猫的异常，便朝它的进攻方向看去。小姐姐马上惊讶地扬起了眉毛，她看到了一个怪异的画面——一只小猫身上，背着一只更小的猫。

晓星有点尴尬，他觉得自己在人家门口窥探有点不礼貌。其实他是从人的角度想的。一只猫站在别人家门口看，简直太平常了。

"喵——"小毛球弱弱地叫了一声，用可怜的无助眼神看着朝他们走来的小姐姐。

小姐姐隔着栏栅，看着两只萌得不要不要的小猫，内心柔软得化成了一摊水，她怕吓走了小猫，小声说："饿了吧，快进来，我去给你们拿吃的。"

她说着打开门，让两只小猫进来。

晓星打量了小姐姐一下，只见她长着一张瓜子脸，眼睛很大很黑，笑起来脸上有两个小酒窝，很亲切很善良的样子。晓星觉得她是个好人，就背着小毛球走进了院子。

"噢呜！"小胖猫见到，马上炸毛了，它瞪着两只小猫，把屁屁来回摆动，似乎在给自己找一个完美攻击的角度，随时准备扑向入侵之敌。

主人的宠物只有我一个，你们两人来争宠算什么！

"小胖，没礼貌！"小姐姐大声责备小胖猫。

小胖猫顿时没精打采，它委屈地伏下，呜呜地叫着，像在埋怨小主人有了新猫忘旧猫。

小姐姐看着小胖猫幽怨的小眼神，笑了，说："乖，交给你一个任务，替我好好招呼小客人，我去给客人拿点吃的。"

小主人没嫌弃我，还委以重任！小胖猫一下子神气起来了，它站了起来，神气地朝两小猫嚎了一声。

晓星瞧也不瞧它一眼，对这样的蠢家伙，他才懒得理会呢！

天真的小毛球却不知自己被胖猫排斥了，它走近胖猫，流着口水看着小胖猫吃猫粮，脸上写满"给我吃一点吧"。

小胖猫心中警铃大作，它赶紧用屁股挤开小毛球，把

头伸进小碗，大口大口地吃着。把东西吃进肚子里，才是最安全的。

小毛球心里挺不满的，都胖成个圆球了，还吃那么多！它不屈不挠地又转到小胖猫的面前，眼瞪瞪地看着它一动一动的嘴巴。小胖猫急了，把胖胖的身体往小碗上一扑，把食物护得严严的。

这时小姐姐出来了，朝晓星和小毛球招手说："两只小猫咪，快来吃东西。"

"喵——"小毛球欢叫着朝小姐姐跑了过去。

小姐姐把两只猫引进了屋里。这是个客厅，地方不大，但布置得很整洁很温馨。墙上挂着一幅全家福，一家三口，小姐姐和她爸爸妈妈。晓星注意到，全家福中的爸爸穿着警察制服，十分威武。

小姐姐把晓星和小毛球抱上了一张餐桌，餐桌上放了一碟猫粮。

小毛球"噢"地欢叫了一声，便一口叼起一颗猫粮，开吃了。它边吃边用尾巴点了晓星一下，让他快吃。

晓星心里苦啊，自己内心是个人啊，怎可以吃猫粮呢！可是，肚子真的饿。他抬手挠挠耳朵，然后看着小碗里那些做成小鱼模样的猫粮发呆。

小姐姐发现了他的迟疑,她摸摸晓星身上的毛,说:"吃呀,别饿坏了。"

是呀,吃饱肚子才是最重要的,饿着怎么回家呢,猫粮就猫粮吧!他叼起一条小鱼,像吃药一样地咀嚼起来。咦,味道还可以,有点像自己吃过的小鱼饼。

两只小猫很快把碗里的猫粮吃光了,小姐姐又再添了一些,还说:"不能再添了,吃多了会胀肚子的。肚子胀胀的会很难受的哦!"

而事实上,添加的猫粮没吃完,两只小猫就已经饱了。小毛球用毛爪洗了把脸,眼睛一眯一眯的,想睡觉的样子。晓星也困,但他不想睡,他想早点进行他的回家大行动。

晓星朝小姐姐喵喵地叫了两声,表示感谢,然后就用爪子拍了拍小毛球,意思是该走了。

小毛球半睁着眼睛喵了一声,又懒洋洋地接着睡。小姐姐用食指点了点晓星的鼻子,说:"你们是从哪来的呢?是被主人抛弃的?还是自己贪玩跑出来,找不到回家的路了?留下来吧,让我照顾你们,好不好?"

晓星是绝对不会留下来的,但是小毛球……

他扭头看了看那个憨态可掬的小家伙。回家的路千难万险,不能让小毛球跟着自己受苦,就让小姐姐照顾它吧!

晓星伸手，把小毛球往小姐姐面前推了一下。小姐姐惊讶地睁大了眼睛："啊，你听得懂我的话？你是说让我照顾这小小猫？"

晓星喵了一声，又把小毛球往小姐姐面前推了一下。小姐姐很激动："好聪明的猫咪！原来你真的明白我意思。你也留下好吗？我喜欢你！"

晓星摇摇头，然后又再把小毛球往小姐姐推推。

小姐姐叹了口气，眼睛有点发红，看来她真的很舍不得晓星离开。她轻轻抱起熟睡的小毛球，说："你放心，我会把小小猫照顾好的。如果你以后想来我这里的话，随时欢迎。"

晓星喵了一声表示感谢。他站了起来，看了小毛球一眼，然后往院子的门口跑去。小姐姐抱着小毛球跟在后面。

院子门没锁，晓星走了出去，回身朝小姐姐挥了挥手，然后撒开四条腿跑了。

好心的小姐姐，再见了！可爱的小毛球，再见了！

第 *6* 章
有坏蛋！

　　不用背着小毛球，晓星顿时觉得身子轻盈了很多，他跑呀跑呀，很快就跑到了一个热闹的街区。人行道上熙熙攘攘，马路上车来车往，看得晓星眼花缭乱。

　　晓星有点发愁，他不认得路，也不知什么交通工具可以去机场。之前从乌莎努尔坐飞机来，下了飞机就坐着机场大巴士直接去了酒店，沿路也没怎么留意周围环境，所以根本不知道机场在哪里。虽然不知道猫可不可以上飞机，但那是下一步的问题了，目前要做的就是先去到机场。

　　以往很容易做到的——向路人询问，然后扬手叫计程车，但现在这两件事都比登天还难。

最好有顺风车去！晓星眼珠转了转，灵机一动，便撒开四条腿去找附近的停车场。很快让他找到了，那是一个设在大型屋苑旁的露天停车场。

晓星爬上了停车场边上一棵枝繁叶茂的大树，然后观察着下面，只要看到有拖着行李箱来取车的，就一定是出门旅行的，就有很大可能是去机场。到时，自己就偷偷地溜上车。

哈哈，我真聪明！晓星为自己无比的机智，感到自豪。

等了差不多二十分钟，不时有人驾车来这里停车，也不时有人拎着一串钥匙来取车，然后开走。只是一直没看见有拉着行李箱来取车的，晓星只好耐心地等下去。

又一部车开进停车场了。那是一辆中型小巴，停在离晓星藏身的大树两三米远的一个空位上。

车门打开，一个三四十岁、留着爆炸头发型的女人跳下车。眼尖的晓星瞅见，车上坐着的都是背着小书包的幼儿园小朋友。

爆炸头朝那些小朋友说："你们乖乖地在车里等着，阿姨现在去拿迪士尼入场券，拿到就带你们去迪士尼一夜游。哇，有烟花看，有卡通人物大巡游，米老鼠呀，白雪公主呀……很好玩的哦！"

车里的小朋友七嘴八舌地说："阿姨，我们会乖的。我们在车里等你回来。"

"真乖！"爆炸头说完就关上了车门。

晓星见到巴士上面写着"东扬幼儿园"，原来这是幼儿园的校车。心想，这间幼儿园的小朋友好幸福啊，放了学还可以接着去迪士尼参加什么一夜游。

他见到那下了车的爆炸头四周张望了一下，然后走到大树下打电话："喂，可以来拿人了。那些小鬼已经被我带到停车场，一共三十二人。哈哈，我这个办法是不是很妙，一下子就绑了三十二个。什么？只给我六百万，太少了吧！我冒这么大风险，今晚还要坐船逃去境外，以后要改名换姓……"

绑架！

晓星吓了一跳，身子一动，树叶发出哗哗的响声。那女子听到了，马上紧张地抬头张望，见是一只猫，就骂了一声"死猫"，继续打电话。

"你们真狠啊！算了算了，不做也做了，不能再回头，六百万就六百万吧，去了外国还可以继续打工。你们马上给钱，收到银行的到账信息了，我就把停车地点告诉你。好，我挂了。"

爆炸头收了钱，便靠在树干上等消息。

晓星明白了，这爆炸头是幼儿园校车的司机兼保姆，她骗那班天真烂漫的孩子说要带他们去迪士尼，把他们带到这里来了。等会绑匪到来，她就让绑匪把孩子带走，自己拿了钱逃之夭夭。

这人真坏，决不能让她阴谋得逞！

可是，自己只是一只猫。一只猫怎么去救那些小朋友，怎么把这个坏蛋爆炸头绳之于法呢？

找警察叔叔帮忙？啊，晓星脑子里灵光一闪，他想起了小姐姐家里那张全家福。对，回去找小姐姐，找小姐姐家的警察帮忙。

晓星悄悄从树上爬下来，然后撒腿跑回小姐姐家。幸好距离不远，很快就看到了那幢种满鲜花的小院子。

"喵……"晓星在门口大叫。

"喵呜！"最先听到的是那只小胖猫。它一见到晓星，就没命地号叫起来，声音里充满了愤懑。天哪，这讨厌的家伙，走就走嘛，怎么又回来跟我争宠！

小姐姐和小毛球是同时跑出来的。小毛球使劲用小脑袋拱他，一边撒娇一边叫着，好像在埋怨晓星怎么不叫它就走了。

小姐姐就十分惊喜地说："太好了，你是回来不走了吗？"

晓星没顾得上理他们，一溜烟进了客厅，跳上了电视机顶，趴在墙上，使劲用爪子去拍全家福里的爸爸。

小姐姐也进了客厅，有点莫名其妙地看着晓星，不明白他想表达什么。

晓星心里着急啊，再耽搁下去小朋友就被绑匪带走了。

正在这时候，院子的栏栅门"咿呀"一声开了，一个身材高大的叔叔走了进来。

晓星一看，咦，他不就是全家福里的警察叔叔吗？虽然现在叔叔没有穿警服，但眼尖的晓星还是一眼就认出来了。他赶紧跑过去，咬着叔叔的裤腿，拼命往外拉。

叔叔惊讶地低下头，看着晓星："这小猫咪是哪来的？它怎么啦？"

小姐姐简单说了一下晓星的来历，又说："它本来已经离开了，但不知道为什么又回来了，回来以后就使劲拍打你的照片。"

"拍打我的照片？"高大叔叔看了看墙上那张全家福，试探着朝晓星问，"你有事找警察帮忙？"

"喵喵！"晓星大喜，放开咬着叔叔裤腿的嘴巴，喊了

两声。

叔叔发现晓星好像能听懂他的话，眼里露出惊奇，又问："你让坏人欺负了，叫警察去抓坏蛋？"

"喵……"晓星刚想摇头，不是欺负我，是欺负幼儿园小朋友。但他没办法解释，反正是有坏人欺负人，让警察叔叔去抓人就对了。于是他朝叔叔喵了几声，又用嘴巴咬着叔叔的裤腿，把他往大门外面拉。

叔叔对晓星说："好，如果我说对了，那你就给我带路，我替你去抓坏人。"

晓星立刻放开叔叔的裤腿，自己往前跑了。

叔叔朝小姐姐说："娆娆，你看好家，我看看小猫咪有什么事。"

小毛球跌跌撞撞地跟着出去，想追上晓星。

小姐姐弯下腰抱住小毛球，说，"小小猫乖，我爸爸去帮小猫抓坏人了，你好好在家里，小猫很快会回来的。"

第 *7* 章
救了一车小朋友

再说晓星领着叔叔往外面跑，很快就跑回了那个停车场。晓星远远看到那辆校巴还在，便松了口气。再看看大树下，那个爆炸头还在拿着电话大声说着什么。晓星带着叔叔转到爆炸头视线看不到的地方停了下来。他看了看校巴，又看了看叔叔，正发愁怎么把事情告诉叔叔。

这时候，校巴有个窗子被打开了，几个小朋友探出小脑袋，有小朋友朝大树下的爆炸头喊："阿姨，拿到入场券没有？我们可以去迪士尼乐园了吗？"

"嘿嘿，谁叫你们打开窗子的！"那爆炸头大吃一惊，赶紧跑过去大声呵斥，然后又放软声音说，"小朋友乖啊，

再等一会儿。送入场券的人很快就到了，一到手我们就马上出发。"

叔叔真不愧是一名警察，他马上从爆炸头和小朋友的对话里，察觉到不对头了：现在正值幼儿园放学的时候，校车不是应该把小朋友一家一家地送回去的吗？为什么一整车地停在这停车场里，还说什么准备去迪士尼？幼儿园怎么会在放学之后还带小朋友去迪士尼呢？

叔叔看了晓星一眼，发现晓星正在看他。叔叔小声说："小家伙，你让我到这里来，就是发现了不对，要我来救这班小朋友？是的话，就叫三声。"

"喵、喵、喵！"晓星赶紧叫了三声。

叔叔点点头。他想了想，拿出手机给警察总部打了个电话，简单说了情况，请求派人增援。

这时只见那爆炸头把窗子关上，嘴里嘀嘀咕咕地说了几句什么，然后着急地伸长脖子四处张望。

突然见到外面有辆中型巴士驶入，坐在副驾驶座的一个长着络腮胡子的男人，伸出手做了个手势。爆炸头脸上一喜，也朝那人打了个相同的手势，中型巴士慢慢地朝校车驶过来了。

晓星急了，警察还没来呢，怎么办？叔叔就一个人，又要救小朋友，又要对付绑匪，恐怕分身不下。

中型巴士停在校车旁边，驾驶室门打开，络腮胡子和司机走下车来。爆炸头朝他们埋怨说："怎么这么迟才来？我都吓死了，万一让人发现，我就完了。快快快，赶快把这些小鬼带走。"

爆炸头转身把校车车门打开，让车子里的小朋友下来："小朋友，这部车就是送你们去迪士尼的，大家乖，一个跟一个下来，再上这辆巴士，不许挤，不许吵闹哦。"

小朋友还不知道危险来临，兴高采烈地一个接一个登上那辆中型巴士。晓星急死了，等小朋友都上了车，绑匪把车子一开走，警察再救小朋友就很麻烦了。不行，自己得做点什么！

"嗖"的一声，晓星冲了出去，叔叔想拦他也来不及了。晓星跑到校车旁边，朝着排队上车的小朋友喵喵地叫着，瞪着两双又圆又大的眼睛卖萌。小朋友一见，都忘了要上车这回事了，一个个朝晓星挥手，嘴里喊着"小猫咪小猫咪"。

晓星干脆用两条腿站了起来，用两只前爪朝小朋友做出招手动作，使出浑身解数继续卖萌。小朋友更兴奋了，七嘴八舌地说：

"哇，小猫咪会站啊！"

"小猫咪朝我们招手呢！"

"好可爱哦！"

"好聪明哦，我想养它……"

连已经上了车的小朋友也跑了下来，争看小猫咪。

好奇之心人人皆有，绑匪也不例外。那爆炸头和两个男人也都暂时忘了绑架小朋友的事，傻乎乎地站在那里看着晓星表演！

藏在大树后面的叔叔惊讶地扬起了眉毛，这小猫真是太聪明了，它是在故意拖延时间，好等到警察到来，简直是已经具有人类智慧了！叔叔急忙打电话把中型巴士的车牌号码通知了警察总部。

看热闹的络腮胡子突然想起了自己来这里的目的，一拍脑袋，对小朋友说："嘿嘿嘿，好啦好啦，小朋友别玩了，赶快上车，要不就不带你们去迪士尼了。"

可是，似乎迪士尼的吸引力不如面前的聪明猫，小朋友们没理会络腮胡子，仍然兴高采烈地跟晓星玩。

络腮胡子眼里露出凶光，他朝另外两个人说："把他们抱上车，不能耽搁了。"

那两个人也顿时醒悟过来，也不管小朋友挣扎反抗，把他们抱起就往车上塞。

正在这时，两辆警车驶了进来，因为事先知道了车牌号码，所以他们准确地把车停在中型巴士旁边，紧接着车门打开，十多名警察从车上跳了下来。

三名绑匪一见情况不妙，拔腿就跑。络腮胡子刚好朝叔叔藏身的大树跑了过去，叔叔冲出来一把抓住他，然后把他的双手往后一扭，"咔"一声上了手铐。而另外一男一女两名绑匪，也被其他警察抓住了。

"哇……"

小朋友都被发生的事情吓呆了，一个小朋友首先哭了起来。好像会传染似的，其他小朋友也一个接一个咧开嘴巴哭了，停车场里顿时一片哭声。

"喵……喵……"晓星大声叫着，让他们别哭。

小朋友听到了，都愣愣地看着晓星。晓星用一只前爪拨着脸颊，好像在羞羞小朋友是爱哭鬼。小朋友们见了，都不好意思地笑了，纷纷拿出小纸巾擦眼泪。让一只小猫咪笑话，好难为情哦！

这时警察都围过来了，其中一个警察阿姨对小朋友们说："没事了，大家不用怕。这三个人是坏人，他们说带你们去迪士尼，是骗你们的，他们准备把你们抓走，让你们再也见不到爸爸妈妈。你们以后不要轻易相信坏人的话，

不要随便跟陌生人玩……"

小朋友们都很乖地点着头。

叔叔一弯腰把晓星抱了起来，说："这次救你们的是这只小猫咪，是它把我带到这里，我才发现罪案，通知警察来这里救了你们，你们都要感谢它。"

"谢谢小猫咪！"小朋友七嘴八舌地喊道。

警察用囚车把绑匪带走了，竟然绑架纯真可爱的小朋友，简直是罪不容恕，等待他们的是法律的严厉惩罚。

叔叔也抱着晓星回了警察局，因为他是警察局的重案组组长，要负责整个案子。

小朋友们也被全部送去了警察局。警察逐一通知家长来接孩子回家，当家长们获悉自己家小孩差点被绑架，真是又惊又怕，真恨不得把绑匪狠揍一顿。大家知道救自己孩子的竟然是一只猫时，都朝晓星涌了过去，也不管一只猫知不知道他们在做什么，反正就是感激呀，佩服呀，崇拜呀，感谢的话说完又说，有个老伯伯还朝晓星鞠躬，多谢他救了自己最疼爱的小孙子。

晓星还没试过被这么多大人称赞，未免有点得意忘形，这回是真的尾巴翘天上去了。

当天晚上，晓星被叔叔带回了家。一同回去的，还有很多猫粮，猫玩具——这是家长们为了表示对晓星的感谢，特地买来送给他的。

小毛球见到晓星回来，高兴得啪嗒啪嗒地跑了过去，把小脑袋往晓星身上拱。一边还"喵呜喵呜"地叫着，好像在埋怨，吓死宝宝了，还以为猫哥哥你不要宝宝了呢！

小姐姐见到晓星回来，乐得嘴巴都合不起来了，听了爸爸讲述晓星救小朋友的事，忍不住捧起那圆圆的猫脑袋亲了又亲，弄得晓星都脸红了。

不过也有不高兴的，那就是小姐姐家那只小胖猫了。哼，争宠的家伙又回来了，还像英雄凯旋似的。天哪天哪，小主人还亲它呢！真是太不公平了！

晓星还见到了一个四十多岁的、长得很漂亮的阿姨，想必是小姐姐的妈妈。阿姨很喜欢猫，她左手晓星、右手小毛球的抱着不放，弄得小姐姐都要跟她抢了。

吃了一顿美味的晚餐后，晓星有点困了，小姐姐把他抱进了一个放着柔软毛巾的小篮子里，让他舒服地躺着。朦胧中，晓星感觉到小姐姐用小手在一下下地抚摸着他的猫毛，还听到小姐姐小声说："小猫咪，答应我留下来好吗？我希望每天早上起来都会看到你……"

　　小姐姐没留意到，小猫的眼角流下了一滴泪水。晓星心里很难过，其实他也是很喜欢这个善良的小姐姐的。但是，他不可以留下来，在遥远的乌莎努尔，有两个姐姐在等着他回去呢！

第 *8* 章
向乌莎努尔进发

因为心里有事，晓星一大早就醒了，他伸伸懒腰，又站起来看了看，屋子里静悄悄的，小姐姐和她的家人还没有起床。晓星想了想，决定在他们起床前离开，分别是一件很伤感的事啊！

小篮子里还放有吃的和喝的，晓星饱餐了一顿，然后离开了小姐姐的家。

休息了一晚上，四条腿特别有劲，晓星很快就跑到了通往大马路的小径上。

"哒哒哒……"咦，什么声音由远而近传来。

晓星回头一看，不由得圆睁双眼——小、毛、球！

　　一个小毛团朝他滚了过来，一把抱住了他的脚，然后叫了一声很委屈的"喵呜……"

　　"你追来干什么？小姐姐会对你很好的！"晓星喵了几声，表达着自己的意思。

　　"但我还是想跟你走，我们是患难兄弟！"小毛球也喵了几声，表达自己的意思。

　　"真是个缠人的家伙！"晓星继续喵。

　　"猫哥哥，带我走嘛！"小毛球喵喵着撒娇。

两猫只是一直在"喵喵喵",但却心有灵犀地听出了彼此要表达的意思。

晓星无奈地伏下身子,让小毛球爬到他背上。其实他也不舍得丢下小毛球呢!只是,他们俩全走了,小姐姐一定更伤心。

今后还会见到小姐姐吗?晓星心里有点难受。

很快走到了繁华的街道。小毛球从未见过这么热闹的景象,小脑袋转得像拨浪鼓似的,左看看右看看,一双圆圆的眼睛满是好奇。

晓星还是打算坐"顺风车"去机场。机会很快就来了,一个头发花白的伯伯拖着个很大的行李箱,站在马路边拦截出租车。带着那么大的行李箱,一定是出远门的!

晓星赶紧走到伯伯附近,藏在附近一棵树后面等待机会。

一辆出租车来了,停在伯伯身边,伯伯俯身对着司机说了一句什么,司机点点头,然后走下车,帮伯伯把皮箱放在后备厢。

晓星虎视眈眈地寻找机会上车,但可惜司机从驾驶座下车后,随手把门关上了。而伯伯上了后面客座,又马上关了车门。晓星急了,这下没法上车了。

万幸的是，司机放好旅行箱，想盖上后备厢盖子时，发现因为旅行箱太大，车盖子盖不上了，司机只好让盖子就这样往上翘着。

晓星好想仰天大笑三声，哈哈哈，天助我也！

趁着司机转身走向驾驶座，晓星像百米赛跑那样冲向后备厢，纵身一跳。这时，车子也开动了。晓星气喘吁吁伏在后备厢里，好险！

晓星喘了一会儿气，才发现小毛球还待在自己背上，死死地抓着他的猫毛，于是一甩，把小毛球甩下来了。

"喵喵——"小毛球撒娇似的叫了两声，好像在控诉晓星把它摔疼了。晓星毫不同情地伸爪子拍了它小脑袋一下，心想谁叫你跟来了，回家的路不知道还有多少艰难险阻呢！

小毛球还以为晓星跟它玩呢，它把晓星的爪子抓住，放进嘴巴轻轻地咬着。晓星也由着它，正好帮自己抓痒痒呢！

总算迈开了回家的第一步了！晓星心里很兴奋，乌莎努尔，我要回来了！

躲在后备厢里，没办法看到路上情况，只能从那半开着的车厢盖子，看到后面紧跟着的车辆。大约走了一个小时，车子终于在一处人声鼎沸的地方停下来了。

晓星急忙把小毛球背上，然后就匆匆地往外跳。这时司机已经走过来了，看到从自己的后备厢跳出来两只猫，吓了一大跳，不知道它们是什么时候跑进去的。他慌忙弯腰看看放在那里的旅行箱，生怕被猫爪子挠花了，又使劲嗅嗅味道，恐防猫儿留下什么臭臭的东西。幸好没事，他才放下心。

晓星跳下车后，看看周围环境，才发现这并非坐飞机的机场，而是乘船的码头呢！

晓星心中又有喜又有愁，喜的是歪打正着，自己之前完全没想到还有坐船这个选择，光想着坐飞机了。上飞机关卡多，检查又严格，两只猫想混进去很不容易。如果坐船就不同了，对乘客的检查没那么严格，难度指数大降。只是担忧不知道有没有前往乌莎努尔的船。

晓星知道码头里面有航班时刻表的，那里可以看到班次及目的地，于是马上跑进了码头候船大厅。噢，找到了！晓星目不转睛地看着那不断变换的时刻表。啊，有呢！一艘叫"远大"的大型客轮，半小时之后就起航去乌莎努尔，真是太好了！

晓星高兴得在地上打了个滚，一不小心把小毛球甩出

去了。"喵——"小毛球委屈得不要不要的，猫哥哥，你又弄疼我了！

晓星拍拍小毛球，安抚了一下，让它重新趴在自己背上，然后哒哒哒哒跑去了三号闸候船室，那是前往乌莎努尔的入闸位。

还没到登船时间，旅客们都坐着等候，九成的人都在埋头看手机。晓星悄悄走了进去，躲在一排椅子下观察着闸口，看看等会儿怎样才能瞒过检票员的眼睛溜进去。

闸口有两个职员阿姨在守着，准备时间到了就开始检票，晓星想，两个阿姨检票时注意力应该都放在入闸的旅客身上，不会留意脚下有猫走过，入闸应不成问题。但估计登船时会有点麻烦。

晓星出外旅行很多次，也坐过船，他知道等会儿走过那道连接码头与船的窄窄短短的栈桥时，两只猫太惹人注目，有可能被职员截停。怎么才可以成功登船呢？

这时广播已经在宣布，前往乌莎努尔的旅客可以登船了。晓星看着纷纷起身走去排队入闸登船的旅客，眼睛滴溜溜转着想办法，但没想到自己已经被人盯上了。

一只突然伸过来的手，把他连小毛球一起抓起，塞进了一个背包里面。

"喵——"小毛球被这突然的动作吓坏了，挨着晓星的小身体明显地打着战。晓星也大吃一惊，抬头一看，看到了一张小男孩的脸。

小男孩大约八九岁，圆脸蛋，圆眼睛，此刻正咧着没了两只门牙的嘴，得意地笑着，见晓星看他，便把食指搁在嘴边，朝晓星"嘘"了一声。

原来是被熊孩子抓了！

晓星警惕地看着熊孩子，不知道他把两只小猫抓来干什么。

熊孩子见晓星看他，扮了个鬼脸，小声地说："别出声，哥哥带你们去坐船。"

熊孩子说完，嚓的一声拉上了背包的拉链。

啊，真的是想睡觉就有人给枕头啊！晓星顿时心花怒放，自己想破脑袋都没能解决的问题，被一个熊孩子给解决了！

有熊孩子作掩护，一定能成功登船。

晓星抱着小毛球，用爪子轻轻拍着它，不让它出声。小毛球乖乖地窝在晓星怀里，眼睛一眯一眯的，很快就睡着了。

晓星留意着外面的动静，知道熊孩子顺利通过了闸

口，走进了通往轮船的通道。和他一起的，应该是他爸爸妈妈。

"欢迎光临！请走右边！"听到船上工作人员欢迎和指引座位的声音，又感觉到了晃荡，熊孩子应是上船了。

耶！晓星心里欢呼着，自己已经顺利地迈出回家的第二步了。

第 *9* 章
太受欢迎的烦恼

"奇奇,进去吧,这间房是我们订的。"一个好听的女声,估计是奇奇的妈妈。

原来这熊孩子名字叫奇奇。

"噢,这房间好好玩!爸爸你看,这窗子做成了救生圈模样,好有趣!"奇奇快活的声音,"哇,这只小船原来是张床呢!我要睡这小船!"

"好好好,你睡小船床。"一个淳厚的男声,应是奇奇的爸爸。

奇奇兴高采烈地一跳,跳进了小船里,坐了下来。他摸摸这摸摸那的,兴奋极了。

　　他突然想起了什么，回头看看爸爸去了洗手间，妈妈在忙着把旅行箱里的东西放进柜子里，他把背包的拉链拉开一些，对着里面小声说："小猫，我们已经上船了。今晚我们一块睡小船床好不好？"

　　小毛球本来睡着了，被光线一射便醒了，有点茫然地看着奇奇，喵了一声。

　　奇奇吓得赶紧拉上拉链。不过妈妈还是听到猫叫了，她扭过头问："奇奇，你有没有听到猫叫？"

　　奇奇怕让妈妈发现他带了猫咪上船，慌忙说："哦，是我在玩游戏呢，游戏里有只猫。"

　　这时爸爸从洗手间出来了，他说："早餐没吃好，你们也饿了吧，要不咱们先去餐厅吃点东西？"

　　早上起床晚了，来不及做早餐，一家子都只是随便喝了点牛奶。

　　"赞成赞成！"奇奇其实早就饿得肚子咕咕叫了，只是上船后看到这么多有趣东西，把肚子饿的事忘了。这时爸爸提起，马上感觉肚子饿得厉害。

　　"好，那吃完东西再回来收拾。"妈妈也放下了手里正收拾的杂物。

　　"吃东西去啰！"奇奇拿起背包说。

妈妈看了奇奇鼓鼓的背包一眼，说："奇奇，别带背包了，就放房间里吧。"

奇奇把背包背好，朝妈妈扮了个鬼脸："不行，我得背着。里面有宝贝呢！"

妈妈笑着摇摇头，由他去了。妈妈还以为奇奇说的宝贝是他从家里带来的小玩具，她怎么也没想到，儿子的背包里竟然藏了两只猫。

到了餐厅，人不多，很容易就找到座位了，爸爸妈妈吩咐奇奇乖乖坐着，然后买吃的去了。奇奇趁机把拉链拉开了一点，怕闷坏了两只小猫。他伸手进去摸了摸猫咪柔软的毛，说："猫咪乖哦，等会我给你们好吃的。"

晓星在背包里小小地喵了一声，算是回答。他挺感谢这小朋友的，要不是他，自己和小毛球想上船也不容易。而且即使上了船也会饿肚子，要在船上待一天一夜呢，总不能去厨房偷东西吃吧！这事晓星实在做不出来。

这时奇奇的手机响了，奇奇拿出电话接听，随手把背包放在脚下。电话是他爸爸打来的，告诉他有什么食物供应，问他想吃什么，奇奇想了想说："哦，我要一杯汽水，一个汉堡包，一份薯条，一份炸鸡块。吃得完吃得完，我很饿呢！"

奇奇打电话的时候，晓星好奇地从背包探出头，眼睛

骨碌碌地打量周围环境。对面桌子有个两三岁的小女孩看到了，惊喜地摇着身边妈妈的手："妈妈妈妈，有猫咪！"

妈妈把一勺鸡蛋喂进她嘴里，说："小动物是不许随便登上客轮的，哪来的猫。"

"偶，真偶！"小女孩含混不清地说着，用小手指着晓星所在的地方。

妈妈顺着小手指向的地方看去，只看见一个小男孩在玩手机。其实是晓星早缩回背包里了。妈妈笑着摇摇头，小孩子想象力真丰富。

这时奇奇的爸爸妈妈捧着餐盘回来了，把奇奇要的东西放到他面前。

"噢，好香哦！"看来这奇奇也是个小吃货，拿起汉堡包就大口大口吃了起来。

晓星和小毛球也都没吃早餐呢，闻到炸鸡的香味，都眼瞪瞪看着，还流了口水。奇奇正吃得香，突然发觉自己被两双绿莹莹的眼睛盯着，才想起了两只猫咪，他拿了两块炸鸡，趁爸爸妈妈不注意扔进了背包里，背包里马上响起了"咔嚓咔嚓"的声音。

过了一会儿，奇奇又再扔进去两块，背包里继续咔嚓咔嚓……

爸爸妈妈还以为奇奇肯定吃不完他点的东西，没想到他会吃光光，都很惊讶，小家伙怎么今天胃口这么好？

离开餐厅，奇奇跟着爸爸妈妈去甲板上看风景。甲板上放着很多躺椅，许多乘客躺在上面看蓝天白云，看大海扬波，很是惬意。甲板中间有些小桌子小凳子，一班孩子凑在一起玩玩具。奇奇忍不住跑了过去，站在一边看着。不过他还是觉得自己背包里的两只"玩具"更好玩、更有趣，可惜不能曝光。

"……我这个奥特曼才好玩呢，看，会变身的。"

"我的绒毛娃娃会说话，会跳舞，我们幼儿园的陈小珺和罗莉莉都很羡慕我呢。"

"哼，有我的模型车好玩吗……"

奇奇见到小朋友都在夸自己的玩具，忍不住搭嘴："我有更好玩的，你们的算什么！"

小朋友听到有人否定他们心爱的玩具，都很不高兴，但又很期待看看更好玩的玩具，于是七嘴八舌地说着：

"你说好玩不算，拿出来看看！"

"是呀，给我们看看嘛！"

"他没有玩具，骗人的！"

奇奇实在忍不住了，他拉开拉链，把晓星和小毛球放

了出来。

从黑暗地方一下子来到阳光下，晓星不由得闭起了眼睛，而小毛球就好像不怕光，它一落地就本能地爬上晓星的背脊。

"哇，好可爱啊！"

"小猫背小猫！小猫背小猫！"

看到两只可爱的小猫，还一只背着一只，孩子们都乐坏了，纷纷尖叫起来。

那些正在欣赏海景的大人，听到孩子们突然兴奋起来，都不知发生了什么事，急忙跑了过来。见到一只脑袋大大眼睛圆圆的萌小猫，背着一只小小的萌小猫，大为惊讶，几个年轻的女孩子，还跟着孩子一块尖叫起来："好萌好萌的猫！"

一下子，吸引了一大群人过来，全都围着晓星和小毛球看。

"照相照相，我要发微信！"一个女孩子把手机往身边的男朋友手中一塞，然后跑过去一手一只，把晓星和小毛球抱在怀里照相。她不断地变换姿势，拍了很多张照片，最后左一下右一下，"吧""吧"地亲了亲两只小猫，才肯把小猫放开了。

"我也要跟小猫照相！我也要亲亲小猫！我也要发微信！"女孩子真是一言惊醒梦中人哪，这年头连去餐厅吃份汉堡包薯条都要先拍一通发微信，何况是这么可爱的两只小猫。

于是，小朋友都找爸的找爸，找妈的找妈；大人就找家人的找家人，找朋友的找朋友，大家都忙起来了。拍照、发朋友圈，然后看看有多少朋友点赞。

船上的护卫员见到这边闹哄哄的不知发生了什么事，还以为是有什么超级大明星出现在船上。有两个护卫跑过来了解情况，才发现了船上有两只小猫。他们都挺奇怪的，旅客是不许带宠物上船的呀，这两只猫难道是在船上工作的人养的？

不过很快他们就不再去纠结这个问题了，因为他们也被小萌猫吸引了，也忍不住拿出手机出来拍照，发微信朋友圈。至于亲亲小猫，就轮不到他们了。那些小朋友，还有年轻女孩，排着好长的队要亲呢！

被这么多人喜欢，晓星一开始还觉得挺得意的，看，英俊潇洒的晓星公子，连做猫都那么受欢迎。但很快他就高兴不起来了，身上的毛被揉乱了，脸上被亲得满是口水……

他"噢"地叫了一声，把傻乎乎任人摆布的小毛球一

口叼住，拔腿就跑。

"小猫不要跑！"一大群人在面追着。

不跑？才怪！晓星不要命地逃着，终于摆脱了那些热情的粉丝，然后东拐西拐，跑回了奇奇住的那间房间，躲进了那张小船睡床。

看来，太受欢迎也令人烦恼啊！

蹬蹬蹬！有人跑进了房间："小猫咪，你们在哪？"一个小脑袋出现在小船睡床的上方，是奇奇追在后面回来了。

奇奇伸手替晓星和小毛球把凌乱的毛给理顺，嘴里说着安慰的话："小猫咪，别害怕，以后就我一个人跟你们玩好了……"

"咦，那两只小猫怎么跑这来了！"突然响起妈妈的声音，把奇奇吓了一大跳。

奇奇扭头一看，见到爸爸妈妈讶异地站在身后。他赶紧把小猫护在身后："我……我……"

爸爸看了他一眼，说："是你带上船的，是吗？"奇奇不是个会撒谎的孩子，他低着头，一声不吭。

妈妈伸手摸摸他的脸，说："你知不知道，宠物是不许随便带上船的？如果带上船，要事先提出申请。"

奇奇茫然地摇摇头，他并不知道有这规定。之所以瞒着爸爸妈妈，是因为妈妈一直反对在家里养猫猫狗狗，他以为妈妈不喜欢小宠物。

"我错了，我不该偷偷带猫咪上船。"奇奇是个知错能改的孩子，"但是，我真的很喜欢猫咪啊，妈妈，把它们带回家好吗？"

妈妈摇摇头："我以前不是跟你说过不行了吗。照顾宠物是一件需要时间和爱心的事，我们虽然都爱宠物，但问题是没时间照顾它们。我和你爸爸工作都忙，不然就不会把你送去全日制幼儿园了。我们家实在不适合养宠物。"

奇奇像小大人一样叹了口气，不再吭声了。妈妈说得也对，养小宠物不是一件简单的事，如果没能力照顾好还硬要领养，那会害了它们的。

明天下船就要和可爱小猫分别了，妈妈说，下船先把它们送去宠物收容所，然后才回家。

爸爸妈妈带着奇奇，找到船上职员，补办了带宠物上船的有关手续。接下来的时间，奇奇就黏在房间不出去了，他想争取多点时间和猫咪玩，因为明天早上便会到达目的地，下船以后就要跟小猫咪说拜拜了。

第 *10* 章
我就是晓星啊!

　　第二天上午,轮船已驶进乌莎努尔境内,到了十一点,就到了停泊码头。晓星趴在舷窗边上,看着那熟悉的建筑物,兴奋得仿佛身体里每一个细胞都在欢呼跳跃。

　　奇奇一家已经收拾好行李准备下船,奇奇因为在船上的小商店买了很多东西,小背包塞得满满的,所以就让晓星和小毛球跟着他走。小毛球本来已经能自己走路,但它可能觉得还是趴在晓星背上舒服,所以四脚努力地爬呀爬呀,还是爬上了晓星的背。于是,下船时,一只小猫背着一只小小猫的情景,又占据了不少旅客和工作人员的手机储存空间。

晓星跟着奇奇一家，随着下船的人流，一路走出了码头。奇奇爸爸说："你们在这里等等，我去停车场把车子开来。"

爸爸离开后，晓星也准备离开了，他很想跟奇奇说声谢谢，但可惜没法说出来。奇奇蹲下来，对晓星说："小猫咪，你想跟我说什么吗？"

"喵喵……"晓星朝奇奇伸出前爪。

"你是想跟我握手再见吗？"也许小朋友跟小动物的心灵是相通的，奇奇竟然明白了晓星的意思。他也伸出手，把晓星的爪子握了握。

跟奇奇握完手，晓星就撒开四脚跑了。身后奇奇在喊："嘿嘿，小猫咪，你怎么跑了。别走！我们送你去收容所，那里有好东西吃……"

晓星早跑远了。

晓星发现码头离皇宫并不远，所以，他不打算再待在路边等机会坐"顺风车"了，也不是每次都那么幸运的，还是自己跑回去吧！

回家的感觉真好，跑起来都四脚生风啊！就这样，他跑呀跑呀，跑一会儿又停下来辨认路线，半个多小时之后，终于看到皇宫了。

晓星现在的猫样实在难以看出喜怒哀乐，要不，就会

发现他高兴得差不多哭出来了。历尽艰辛，我晓星终于回来了！

可怜的晓星宝宝，他好想赶快见到万卡哥哥，好想赶快见到姐姐们，好想有个肩膀给靠一靠，好想有人听他说说做猫的烦恼。

皇宫的门关得紧紧的，两个卫士瞪着小灯笼般大的眼睛在门口守着，别说是两只猫，就是一只蟑螂也进不去。

晓星跑近朝卫士喊道："让我进去，我是你们的晓星少爷！"

卫士眼珠子也不转一下。一只小猫朝他们喵喵叫，不用管它。

没办法，晓星只好去爬皇宫的围墙，想自己爬进去。

我跳，我跳，我跳跳跳！晓星跳了一次又一次，失败了一次又一次，一只小猫能跳多高呢，实在是令人惨不忍睹。

"嘟嘟——"一阵汽车喇叭声惊动了筋疲力尽的晓星，他一看，一辆小轿车从外面回来了，两名卫士正在把门缓缓打开。

啊，是小岚姐姐的车！小岚姐姐……

晓星喵喵叫着，不要命地跑到了小岚的车子前。

嘎的一声，司机险险地在离晓星半米远的地方把车刹停了。

"什么事？"坐在车子里的小岚和晓晴吓了一跳，异口同声问道。

司机心有余悸地答道："前面有猫拦车。"

"有猫拦车？"小岚和晓晴脸上露出诧异神色，不约而同地解开安全带，打开车门下了车。

"喵——小岚姐姐，晓晴姐姐，我回来了！"晓星看到小岚和晓晴，喜极而泣，终于回到家了，终于和姐姐们团聚了。他委屈地向姐姐们诉说，可惜听在小岚和晓晴耳里只是"喵喵"的叫声！

一只小猫背着一只小小猫，小猫在流眼泪，这就是小岚和晓晴看到的情景。

两颗少女心"啪啦"一下碎了。两人扑了上去。

好萌好可怜的小猫咪！

小岚一手抱起了小毛球，晓晴就一手捞起了晓星。两个人像抱小婴儿一样把小猫抱在怀里。

小岚用两只手的手心捧着小毛球，小毛球睁着两只大眼睛萌萌地看着小岚，还咧了咧嘴巴，露出了几只小尖牙，好像在笑呢！小岚简直喜欢得不行："好小好可爱的猫咪，你是特地来找我们的吗？"

晓晴抱起晓星，把晓星亲了一下："哦，别哭别哭，有什么事姐姐帮你。"

晓星好感动，刚止住的眼泪又再流了出来。姐姐还从来没有这样亲过自己呢，他把小脑袋在姐姐怀里拱啊拱的，感到很温暖。

"我们收养小猫吧！"小岚和晓晴异口同声地说。两人不禁笑了起来。哈哈哈，好朋友就是这样心意相通。

"公主带回来两只猫！"消息一下子传遍了嫣明苑。

嫣明苑里都是年轻女孩子，她们向来喜欢小动物，这下子全跑来看，把两只小猫围在中间。

嫣明苑本来养了松鼠和小猪笨笨，但后来小岚觉得还是让小松鼠回归大自然比较好，所以把小松鼠送回乌莎努尔大森林了。现在只剩下一只小香猪笨笨，因此姑娘们一直都很想公主再带些小动物回来。现在见到两只小猫咪，都开心死了，你摸一把，我摸一把，把小猫的毛毛弄得乱糟糟的。

小岚见到两只猫咪都有点脏，猜它们一定走了很远的路，便说："好啦好啦，以后跟猫咪玩的机会有的是，咱们先给它们洗个澡，再让它们吃点东西。"

"公主，我来吧！"女管家玛娅和另外一名宫女，一人抱起一只猫，"洗白白"去了。

等小猫咪洗过澡，又把毛毛吹干，已经到午饭时候了，玛娅把他们抱到饭厅，放到餐桌上。

洗得干干净净的小猫萌萌地站在餐桌上，小黄猫圆头圆脑的，身上黄毛泛着金色的光泽，一双宝石般美丽的蓝眼睛显得灵气十足；小花猫身体小小的、毛茸茸的，就像一个圆圆的小绒球，两只翡翠般漂亮通透的绿眼睛老是透着好奇。

"天哪，怎么可以这样可爱呢！"小岚和晓晴两个人支在餐桌上，简直看呆了。

小岚用指头点点小毛球的鼻子，说："喂，你有名字吗？我给你起一个。嗯，看你圆滚滚像个小毛球，就叫你小毛球好了。"

小毛球朝小岚喵喵叫了两声，它想告诉小岚，人家本来就叫小毛球嘛！

小岚又摸摸晓星的脑袋，说："那你又叫什么名字呢？

嗯，还是我来给你起一个吧！叫什么名字好呢……"

小岚姐姐，我叫晓星啊！晓星喵了几声，用殷切的眼神看着小岚。自从在大门口见到小岚的那一刻起，他就想向小岚发出信息，说出自己身份。但无奈他怎样叫，也都只能发出喵喵声，这可把他愁死了。

这时几名宫女捧来了晚餐，晓星抽了抽鼻子，哇，有我喜欢的炸鸡腿啊！吃饱肚子再想别的。他嗖的一下朝鸡腿跑过去，叼起一只，狼吞虎咽大嚼起来。反正自己现在是只猫，不会有人怪自己不讲餐桌礼仪的。

这小猫喜欢吃鸡腿！小岚和晓晴交换了一下眼神，晓晴说："看它那馋样，我还以为是晓星回来了呢！不如，就把它叫晓星好不好？"

正在忙着吃鸡腿的晓星把鸡腿一扔，朝小岚和晓晴喵喵叫着，我就是晓星啊！

可惜小岚和晓晴听不懂它的话，小岚还笑着说："咦，猫咪一定是在抗议呢，它好像不喜欢晓星这个名字。"

"晓星快过来，我给你吃好东西！"晓晴朝晓星叫道。

晓星急忙跑过去，朝晓晴大喊着：姐姐姐姐，我真的是晓星啊！

晓晴高兴地说："啊，猫咪过来了，它喜欢晓星这名

字呢！"

"哈哈，等晓星从朱地国回来，一定得气死。"小岚笑得肚子痛。

"我就是想气他，谁叫他那么懒，每天就发那么几句话回来，照片也没发一张。回来后一定要给他好看！"晓晴哼了哼，又夹了一块煎得香喷喷的三文鱼，放在一个空碟子里，"晓星，给你吃，可香了！"

哼，要给我好看？那我现在就要给你好看！晓星一个转身，把小屁屁对着晓晴，继续吃他的炸鸡腿。

"喂，臭晓星，怎么不理我。"晓晴用手轻轻拍了拍晓星的小屁屁。

晓星扭头凶凶地朝晓晴龇了龇小尖牙，又"噢呜"地吼了一声。

晓晴吓了一跳："啊，你这臭小猫，怎么脾气跟晓星一样坏，哼，你不吃，我给小毛球吃。小毛球，来呀来呀，来吃鱼！"

晓晴把碟子放到小毛球面前，没想到小毛球只是用鼻子碰了碰，又转身去吃它的猫粮了。它喜欢吃起猫粮来咯嘣咯嘣的声音，它觉得自己能吃那么硬的东西很有成就感。

"哼，臭小猫，你们不吃我吃！"晓晴夹起三文鱼，自己大口吃了起来。

小岚一边吃饭，一边蛮有兴趣地看着晓星，她总觉得这不知从哪来的小猫咪有点熟悉的感觉。难道是以前见过？不会啊，黄毛的小猫普天下多着呢，不会给自己留下什么特别印象的。

晓晴吃了几口，问小岚说："你这次出国访问的日期，会改到什么时候？"

小岚喝了一口果汁，擦擦嘴，然后说："起码要半年后了。海蒙国的酒城发生大地震，国王和大臣们都忙着处理震后救灾的事，所以我们也没有必要去给他们添麻烦了。"

晓晴说："伤亡情况怎样？"

小岚一边用刀切着一块馅饼，一边回答说："也算幸运，地震那天刚好是酒城的泼酒节。所以没有死人，受伤情况也不严重。"

"哦，那就好！"晓晴点点头，她又表示疑惑，"泼酒节是什么节日？跟地震伤亡有什么关系？"

小岚回答说："当然有。酒城盛产酒，每到泼酒节这天，人们都会从家里跑出来，聚集到空旷地方，手拿啤酒瓶互相喷射。就连病人也会由看护或者家人从屋子里带出来，

好沾点酒星子。酒城人认为，只要沾上了酒，这一年里就会没病没灾，顺顺利利。"

晓晴恍然大悟："原来是这样！因为是泼酒节，人们全都从家里跑了出来，聚到空旷地方，所以避过一劫。"

"对。不过，经济损失就不少，很多房屋倒塌，工厂无法生产，商店无法营业，市民也无家可归，急需大量资金帮助重建。"小岚皱了皱眉头，又继续说，"万卡哥哥昨晚召开紧急国务会议，决定由国家拨款十亿援助海蒙国。国内几个慈善机构也准备组织社会各界举办赈灾大会演，现场捐款……"

晓星低头吃鸡腿，耳朵却一直在听两位姐姐说话，这时他才明白小岚姐姐为什么没有出国访问。原来海蒙国发生地震了。

晓晴问："我们学院准备参加吗？"

"当然参加。"小岚这时已经吃好了，她擦擦嘴，说，"明天下午学生会开会，讨论参加首都赈灾大会演的事，我也会去听听。咦，你最近不是被选为学生会文艺干事吗，你应该也得参加会议呀！"

"是吗？学生会开会都是用电子邮件通知的，我今天还没查看电子邮箱呢，现在马上看看。"晓晴拿出手机刷了一会儿，"噢"地喊了一声，"有通知。明天下午两点，地点在学生会活动室。"

小岚说："你可以先考虑一下，准备搞什么样的节目。"

晓晴是个热心的女孩，她兴奋地说："好，保证不辱使命！"

小岚又补充了一句："大会演会获得最多捐款的表演机构，会由国际慈善基金会授予'抗震救灾爱心天使'奖杯。"

"啊，真的？！"晓晴向来好胜，一听便兴奋地说，"小岚，咱们一定要拿到这个奖杯，我们要做抗震救灾爱心天使！小岚，你对节目有什么建议……"

两个姐姐开始讨论起大会演节目来了。晓星在一旁感到很失落，海蒙国是乌莎努尔友好邻国，年初他们的国王和小王子来访问，他还和小岚、晓晴两个姐姐一起带小王子去游玩呢，他和小王子交换了微信，成了朋友。海蒙国遭遇天灾，本来自己应该出一分力帮助他们渡过难关的，但现在却什么也做不了。唉，真让猫沮丧。

第11章
憋屈的晓星

吃完饭，小岚和晓晴有事要做，小岚吩咐玛娅，带小猫去看看特地为它们添置的猫咪屋。

猫咪屋好漂亮啊！两层高，每层都有几个雕着小喇叭花图案的小窗口，二楼还有个小阳台。猫咪屋旁边放着一个攀爬架。

"这些东西都是小岚公主吩咐买的，屋子可以用来睡觉和休息。这攀爬架是给你们爬上爬下玩儿兼做运动的。攀爬架下面的两只小碗里分别有猫粮和凉开水，这里还有个便盆，记得便便都要在便盆哦，如果到处拉，会打你们小屁屁的哦。"玛娅像吩咐小朋友一样，耐心地跟两只小猫咪说话，又轻轻地把他们放进了猫咪屋，"去看看你们的新家吧！早点睡哦，乖！"

猫咪屋有五六十平方米，只有两只小猫居住，宽敞得等于是人类的"一百平方米大屋"了。屋里有两张已经铺上小被子的床，看上去很柔软舒适。小毛球一进去就兴奋地跑来跑去，小爪子拍拍这里摸摸那里，还在柔软的小床上打着滚。

看到小毛球"哒哒哒哒"像匹小马驹那样跑得欢，晓星心里不禁来气，原来这小东西已经跑得那么利索了，一路上竟然还赖在自己背上，累得自己现在仍浑身酸痛。

小毛球自个儿疯玩了好一会儿，才突然想起了猫哥哥。看到晓星闭着眼睛仰面朝天躺在一张小床上，便跑过来试探着用手拍了拍晓星的脸，见他没有动，就"哒哒哒哒"跑到另一张小床上，学晓星那样仰面朝天躺了下来，乖乖睡了。

其实晓星并没有睡着，回想这几天经历的事情，真像做了一场噩梦。他很庆幸自己能从猫贩子的魔爪下逃出来，不然可能已经成为悦南国人餐桌上的美食了。想想都觉得可怕！

因为他一觉醒来便已经变成了一只猫，身处一个关着很多猫的仓库里，所以对之前被外星人掳走，之后又被小

流氓偷走的事一点都不知道，因而始终都想不明白，猫贩子究竟是怎样把他变成一只猫的。

怎样才能让小岚姐姐知道自己的身份呢？想啊想啊，时间不知不觉地过去了，小岚姐姐应该回到自己房间了吧！嗯，马上去找她。

小岚住的地方是个大套房，包括卧室、书房、客厅、浴室。小岚喜欢大自然，所以书房和客厅都有一面全是玻璃，只要打开布帘，坐在室内也可以看到美丽的园景。玻璃幕墙上有个小门，一拉开就可以出去花园。

晓星很了解小岚的作息习惯，知道她这时应该还没睡，会在书房看书或上网，于是，他走到小岚的书房外，透过玻璃幕墙向屋里张望。虽然有布帘遮住，不过，还可以隐约见到里面有灯光。晓星赶紧用小爪子去抓那道玻璃门。

晓星没有料错，小岚果然正坐在书桌前看电脑。爪子挠玻璃的声音，发出"吱吱"的刺耳声音，在宁静的夜里格外清楚。

"咦，晓星回来了？"小岚一喜。

因为晓星之前常干这样的事，晚上不想睡觉就来找小岚玩，正门不走偏爱走玻璃门，还喜欢扮小动物用指甲抓玻璃。

小岚马上过去拉开布帘，然后又拉开小门，喊道："晓星，你回来了？"

"喵……"晓星开心得跳了起来，难道小岚姐姐已经知道自己身份？！

小岚听见猫叫声，知道自己误会了，抓玻璃的不是人类晓星，而是小猫晓星。她弯下身子抱起晓星，说："原来是你这小家伙。怎么你跟晓星一样喜欢抓我的玻璃门？调皮！"

晓星有点失望，还以为小岚姐姐知道自己是谁呢！

小岚把晓星抱进书房，她坐到沙发上，把晓星放在自己身边。晓星做人时最喜欢躺沙发了，所以马上四脚朝天地躺了下来。

"呃？"看着他懒洋洋的模样，小岚有点诧异，咦，这小猫的习惯怎么跟晓星这么像？

她用手点点晓星的鼻子，说："怪不得晓晴要给你改名做晓星，你真的跟他很像呢！"

晓星一把抱住小岚的手指，委屈地说，人家本来就是晓星嘛！

可惜小岚听不出来。她听到的只是"喵喵喵"的声音。晓星很无奈，他坐了起来，两眼看着小岚，小声地很可怜地叫着，心里想，怎样才能让小岚姐姐知道自己是晓星呢？

他突然看见书桌上有一只杯子，咦，那是自己的杯子呢！去朱地国的前一天晚上，他捧着自己的杯子来这坐了一会儿，走的时候忘记拿了。

晓星"噗"地从沙发跳到了书桌上，他用爪子不住地拍着自己的杯子，一边拍，眼睛一边朝小岚看。

小岚愣了愣，莫非小猫想喝水？于是赶紧拿只小碟子倒了一点暖开水，放到书桌上，对晓星说："暖的，快喝。"

不是啦！晓星郁闷死了，小岚姐姐你这么聪明，怎么就猜不到我的意思呢！

其实也难怪小岚猜不到。她是很聪明，不过她怎么也没有想到晓星会变成一只猫，所以根本没往这方面想啊！而且，晓星在朱地国，每天都定时发信息回来，就在昨天晚上还收到过呢！

晓星没喝水，他仍然固执地一下一下地去拍自己的杯子。希望小岚能明白过来。

这时，卧房外面有人在喊："小岚，开开门。"

是晓晴。晓星心里很沮丧，今天晚上就别想达到目的了，自己姐姐比小岚姐姐笨多了，小岚姐姐没猜着的事，她就更猜不到了。

晓晴一进来就看到了晓星，她瞪大眼睛："咦，晓星猫？"

小岚耸耸肩，说："这小家伙进来以后就跑到我书桌上，用爪子拍晓星的杯子，我还以为他想喝水，但给水它又不喝。不知道它在表示什么。"

"拍杯子？又不是想喝水？哦，我明白了！"晓晴一拍大腿。

晓星精神一振，小心脏噗噗地跳了起来，天哪天哪，难道姐姐明白我想说什么？他急忙竖起猫耳朵，听姐姐怎样说。

这时听到晓晴说："他用手拍杯子，但又不是想喝水。小岚你想想，什么东西跟水有关联的？小便嘛！晓星猫想尿尿。"

我晕了！晓星绝望地躺倒在书桌上。

"看，它不再拍杯子了！肯定是我猜对了。"晓晴得意地说着，又拉开书房门朝外面喊了一声，"有人吗？来带小猫去尿尿。"

一个守夜的小宫女应了一声，走进来抱起晓星，出去了。

"喵，我抗议！我不是想尿尿哪！"晓星一边挣扎一边大叫。

"小猫咪乖啦！"小宫女温柔地安抚晓星。

晓星喵喵喵喵地咒骂：该死的晓晴，笨蛋晓晴。

第 *12* 章
猫和小香猪的相遇

早上晓星醒来的时候，迷迷糊糊地还以为自己仍在逃亡路上疲于奔命呢，结果一睁眼，温馨的小屋，暖和的床铺，才想起自己已经回家了。

然后又想起了昨晚向小岚姐姐表明身份失败的事，不禁有点气馁，不由得又咒骂了自己的笨蛋姐姐几遍。

晓星张大嘴巴，打了个呵欠，看看对面床铺上的小毛球，小毛球攒成一团，睡得正香呢！

肚子有点饿，晓星走出猫咪屋找吃的。先喝了点凉开水，又吃了些猫粮，小肚子胀胀的，干脆出去走走，一来消消食，二来从猫的角度去欣赏一下嫣明苑，也是一件有趣的事。

感觉有点奇妙……他不由得把小尖耳朵往后压了压。眼前所有东西都变大了，那一排刚种上不久的小树变成了参天大树了，那小喷水池也成了大游泳池，连树梢上惊起的小鸟，在他眼里都变得像老鹰那么大。

那是自己变成猫的缘故。身体变小了，所以看什么都很巨大。

看着有趣的事物，晓星的心情都变好了，他走到草坪上坐下，把爪子压在身体下面，做出一个"猫面包"的样子。做了一段日子的猫，晓星有时也不自觉地做出一些猫喜欢的动作了。这"猫面包"的姿势动作,感觉安全又舒服，加上可以防止体温散失，很多猫都喜欢这样坐着。

忽然，身后有脚步声传来，晓星还没来得及转头看看，就被谁撞了一下，猫面包倒了，成了滚地葫芦。

晓星狼狈地爬起来，啊，撞倒他的竟然是自己的宠物小香猪笨笨！

不过，小香猪现在跟变成小猫的晓星一比，已经成了巨香猪了。

小香猪笨笨朝晓星讨好地哼哼着，还想继续用脑袋去蹭他。晓星不想再次倒地，慌忙往后退。

小香猪显然认出了自己的小主人晓星。好厉害，都变

成动物了，还能认出来？！

其实，小香猪是凭着嗅觉认出来的。

大家都知道狗的嗅觉很灵敏，在很多故事中，很多狗狗利用气味帮助警方千里追凶抓获罪犯，大显神威，所以很多人都以为狗是最厉害的。但事实上，猪的嗅觉比狗还要灵敏，它的嗅觉细胞要比狗的嗅觉细胞多好多倍。

小香猪笨笨以前就很黏晓星，总喜欢用身子蹭他的脚表示友好。所以这时见到晓星，也像以前一样跟小主人亲热，没想到猫咪小小的身体怎能抵得住它这么一蹭，所以摔倒了。

晓星生气地朝小猪笨笨喵了一声，小猪笨笨吓得后退了几步。它傻傻地看着晓星，不知小主人为什么不但换了一个外壳，连声音也变得这么奇怪。

晓星突然觉得好心情没有了，如果不能变回人类，那就连小猪笨笨也可以欺负他了。

晓星撒腿跑了。他不想见到小猪笨笨，不想在它面前显出自己的"小"来。没想到小猪笨笨就是跟着他，很努力地履行着跟班小弟的职责。晓星转身朝它"噢"地吼了一下，也没能把它赶走。

两个家伙就这么别别扭扭地走了一小段路，来到了一棵石榴树底下。石榴树已经长出了果实，微风吹过，可以闻到阵阵清香。晓星使劲嗅了嗅，不禁想起每年石榴成熟时，他们"嫣明苑三人组"摘石榴的快乐情景。

小岚身手灵活，所以很容易就爬到树上了，晓星在树下看着眼馋，常常央求小岚助他上树，小岚每次为了拽他上去，都大费周折。晓晴也想上去，但可惜从来没有成功过，小岚和晓星两个人一起拽都没法把她拽上去。晓星说是因为她太胖了，而她却说自己身轻如燕，一口咬定是晓星"出工不出力"才令她上不去，硬是把晓星追得抱头鼠窜。

回忆令晓星很开心，他咧开嘴笑了起来，露出两只小尖牙，这让小猪笨笨有点害怕，以为小主人要咬它，吓得一溜烟逃跑了。晓星见跟屁虫走了，松了口气，便用爪子扒住树干，利落地爬上树，在一个稳固又舒适的树丫上坐了下来。

这是晓星的固定位置，他以前每次上树，都会选择在这里坐着，一边看风景一边摘石榴吃。

晓星坐好后，就伸手摘了一个青青黄黄的石榴，咔嚓咬了一口。他心里不由得有点得意，以前看到小岚会爬树，他就羡慕得不行，现在自己也能上树了，上得比小岚姐姐还要利索很多呢。

第一次觉得做猫也有好处。

　　小岚和晓晴吃完早餐，从餐厅出来时见到了在走廊里寻寻觅觅的小毛球，小毛球一见到两个小姐姐就喵喵地诉苦，因为它找不见猫哥哥了。小岚和晓晴虽然听不懂猫语，但见到小毛球孤零零一个，就知道它在找自己的小伙伴。

　　"在找晓星猫吗？好，姐姐带你去找。"晓晴见到小小猫可怜巴巴的样子，心都软了，急忙抱起它。

　　小毛球使劲往晓晴怀里钻，这个不喜欢自己走路的懒家伙，又赖上小姐姐了。

　　小岚料想晓星一定是跑到花园里了，便和晓晴，还有小毛球朝那边走去。小岚一眼就看到了石榴树上的晓星，那家伙坐在一处粗大的树丫上，用两只前爪抱着个石榴，像只小松鼠那样啃得正欢。

　　"喵~~"小毛球这时也看到了晓星，它仰起小脑袋，拼命朝他叫。

　　晓晴也发现了在起劲地吃石榴的晓星，忍不住哈哈大笑说："看来叫这馋猫做晓星真是叫对了，真是跟我那弟弟一个德性，一样的贪吃。"

　　"噢！"晓晴的笑声突然变成了惊叫，原来晓星竟然从树上摘了一个刚长出来的小小的石榴，朝她一扔，正中她的额头……

　　"你这个坏小孩,看我不打你……"晓晴气急败坏之下,竟然把小猫当弟弟骂了。

　　晓晴放下小毛球,抱着树干就想爬上去揍那可恶的家伙,不过不管她怎样努力,还是无法征服那光溜溜无处下手的树干。

　　晓星在树上更得意了,又是挤眼睛又是吐舌头扮鬼脸,把晓晴气得要哭了。

　　小岚看得瞠目结舌,这是一只什么怪猫?！不知怎的,她突然联想起那个去了朱地国的家伙。

　　小岚正奇怪自己怎么会从一只小猫想到一个人身上去,口袋里的手机响了。

　　"喂！好,我们马上来。"小岚听完电话,朝晓晴说,"学生会讨论节目的会议提前上午开,我们走吧！"

　　正在指着树上小猫大骂臭小孩的晓晴,只好恼火地跟着小岚走了。

第 *13* 章
助人为快乐之本

　　晓晴和小岚离开后，晓星又吃了一个石榴，拍拍胀鼓鼓的小肚子，懒洋洋地伸了个大懒腰，然后又再爬高了一些，那是小岚姐姐都没能到达的高度。可以比小岚姐姐爬得更高，这让他很有成就感。

　　瞅瞅树底下，小毛球自从两个姐姐走了后，就很努力地用小爪子扒着树干往上爬，只可惜爬不了几寸又掉了下去，但它仍坚持不懈地爬着。看样子它很想像猫哥哥那样站高高，那实在太威风了。

　　瞧瞧稍远一点，他看见了一直鬼鬼祟祟躲在灌木丛后面，用两只小黑豆眼看热闹的小猪笨笨，这蠢家伙还以为

躲那里没有人看得见它，没想到老是一甩一甩的尾巴把它出卖了。

晓星的视线离开了那两个蠢家伙，望向皇宫外面，远远的那条大道好像有募捐活动呢！

晓星决定出去瞧瞧。他从树上"噗"地一跳，顺利跳到了皇宫的围墙上，正准备再跳到宫外时，发现离地面有两米多高，不禁有点心怯。便抓着一根柔软的树枝，往下一荡，然后顺势跳到地上。

我晓星做人时智慧过人，做猫时也聪明无比，哈哈！晓星自我陶醉了一回。

晓星见到一群学生，脖子上挂着募捐箱子，在为海蒙国灾民募捐。

"叔叔，我们是为海蒙国灾民募捐的，请支持一下！"

"姐姐，请捐出你的爱心！"

"谢谢伯伯，我代表海蒙国灾民谢谢您！"

……

路人都踊跃捐出善款，五元，十元，二十元、五十元……或多或少，表示自己对灾民的关爱和支持。

晓星留意到，有个穿着蓝色校服的女孩子，怯生生地站在路边。她看上去很害羞，一直不敢主动开口找人捐钱，而走过的人也没留意这个存在感很低的小女生。热心助人的晓星心想,让我助你一把吧! 于是,他朝女孩子走了过去,站在她旁边。

女孩子发现身边来了一只猫,低头惊讶地瞅着,不知道这小猫跑来干吗。莫非自己身上有鱼腥味? 她闻闻手,闻闻身上,没有啊!

这时有行人过来了,晓星朝那走近的阿姨喵喵喵地叫了起来。叫声引起了阿姨的注意,她停了下来,看看晓星,说:"好可爱的猫咪!"

阿姨蹲下来,摸摸晓星的脑袋,逗了他一会儿。站起来时,留意到了晓星旁边的女学生:"小同学,你是为地震募捐吗? 好,阿姨支持一下你。"

阿姨说完掏出钱包,拿了一张二十块的纸币,放进了女学生的募捐箱。

"谢谢谢谢!"女学生激动得满面通红,她朝阿姨鞠了个躬。

阿姨走了,又走来一个大叔,大叔牵着一个小男孩。晓星朝他们喵喵叫了几声,大叔和小男孩马上看了过来,见到小猫和募捐女学生站在一起,小男孩激动地对大叔说:"爸爸,小猫咪要我们捐钱呢!"

那位大叔笑了："小猫咪会叫人捐钱，真了不起！"

说完，他拿了一张五十块钱的纸币，放到小男孩手中，让他放进女学生的募捐箱。

小男孩捐了钱，又跟猫咪玩了一会，依依不舍地走了，还不住地扭头朝猫咪挥手拜拜。因为有了晓星，越来越多人注意到了女学生，也越来越多人把钱放进女学生的募捐箱，女学生开心得脸上都发着光。

女学生感激地对晓星说："谢谢小猫咪！"

在晓星的带动下，女学生也慢慢地由小声到大声，开口叫行人捐款，晓星趁着女学生忙碌的时候悄悄地离开了。

怪不得人们常说"助人为快乐之本"，晓星帮助了学生姐姐，觉得心情很好。他一边行猫步，一边自我安慰，反正照样能吃能喝能帮助人，做一阵子猫又如何，总有一天小岚姐姐会明白我是谁，会帮我变回英俊潇洒玉树临风的小公子晓星。

一片树叶从路边的树上掉下来，晓星敏捷地用爪子一拍，把它拍在地上，踩了两下，又用爪子切成几小块。一阵风吹来，碎叶子吹走了，晓星的烦恼也好像一块吹走了。

突然，晓星耳朵动了动，看向前面一个方向。

那里有张长长的木椅子，椅子上坐了个小男孩，小男孩在小声地哭泣。

他附近没有大人，难道是迷路的小孩？

晓星走了过去，跳上木椅子，歪着脑袋看着小男孩。

小男孩抽抽泣泣的，小脸上还脏了一小块，看上去挺可怜的。见到有只可爱的小猫咪坐到身边，他惊喜地喊了一声："小猫咪！"

小男孩把晓星抱起来，轻轻地摸着他的毛，抽泣着说："小猫咪，你也是迷路了，找不到爸爸了，是吗？呜呜……"

"喵……"晓星抬起头同情地看着小男孩。

晓星用脑袋蹭蹭小男孩的脸，心想，对，我也是迷路了，迷失在猫世界，回不去人类社会了。

小男孩继续说："我叫瑄瑄，我可以帮到你吗？你爸爸是谁？哦，记起来了，我昨天看见对面三楼的阳台上有一只大猫在晒太阳，那一定是你爸爸！要是我找到爸爸，我就叫他带你去找爸爸。可是，我现在都不知道爸爸在哪里。"

瑄瑄说到这里，扁了扁嘴，抽泣了两下，又继续对晓星倾诉："爸爸说带我去乐高店买玩具，爸爸去交钱，要我乖，好好地等他。后来，我看见一个小哥哥了，小哥哥的飞机很漂亮啊，很大啊，我就喜欢又大又漂亮的飞机。我跟着

小哥哥看飞机，走着走着，就找不到爸爸了……"

从瑄瑄的叙述，晓星拼出了他的走失过程——瑄瑄老爸带他去乐高店买玩具，选好玩具后爸爸去交钱，让他老老实实站一边等着。但是瑄瑄见到店外面有个哥哥拿着一架飞机走过，那飞机正是他喜欢的那种。于是瑄瑄就忘了爸爸的叮嘱，跟在哥哥后面，走出了玩具店，离开了商场，然后又走了一段路，等到发现不对时，他已经远离商场，找不到回去的路了。

这种事晓星也经历过，不过令他迷了路的不是飞机，而是一只炸鸡腿。

晓星三岁时，已开始有了"贪吃鬼"风范，有一次妈妈带着他上街购物，过程中见到有人吃鸡腿，那香味引得晓星跟了一路，跟着跟着就找不到妈妈了。幸好遇到了两名巡逻的警察，千方百计帮他找到了妈妈。

乐高店？晓星对这一带很熟悉，他知道附近只有时尚中心商场有乐高专卖店，莫非瑄瑄是在那里走失的？嗯，一定是！自己可以把他带回那里，他爸爸肯定是满商场地找儿子，肯定没想到儿子竟然自个儿走出了商场，还走了那么远。

想到这里，晓星从瑄瑄怀里跳下地，喵喵叫了几声，就用嘴咬着他的裤腿，把他往中心商场方向拖。

可能是小朋友容易跟小动物沟通，瑄瑄竟然明白了晓星的用意，他说："小猫咪，你是想我跟你走吗？你能帮我找到爸爸吗？"

晓星点了点头。瑄瑄高兴地欢呼了一声，站起来跟着晓星走了。

回时尚中心商场要过两条马路，可想而知刚才瑄瑄来的时候有多么危险。现在就不怕了，晓星领着他，等绿灯亮了才走，很平安地过了两条车水马龙的马路，又再走了几分钟，就到了时尚中心商场。

瑄瑄很激动："我爸爸刚才就是带我来这商场的！谢谢小猫咪，小猫咪你好聪明哦！"

晓星得意地竖起了尾巴，本公子不管是做人还是做猫，都很聪明的。

晓星把瑄瑄一直带到了乐高店，瑄瑄在店里找了一遍，却没有找到爸爸，他扁着嘴，对晓星说："没有爸爸，爸爸也迷路了！"

晓星本来也没寄望能在乐高店见到瑄瑄爸爸，他发现在店里找不到儿子，肯定会跑出去找的，但这么大型的商场，爸爸一个人找很困难，所以，他很可能会找商场管理

处帮忙……

于是，晓星又咬着瑄瑄的裤腿，把他拉出了乐高店，然后又上前带路，把瑄瑄带到了位于一楼的管理处。

管理处的门虚掩着，晓星正探头探脑地朝里面看，刚好有位年轻女职员回来了。

她见到一只小猫和一个满脸泪痕的四五岁小男孩，又没有大人跟着，不知发生了什么事，便在瑄瑄面前蹲下来，亲切地问道："小朋友，有什么事要我们帮忙吗？"

"我爸爸迷路了，我找不到他，呜呜呜……"瑄瑄见到关心自己的人，禁不住又哭了。

"哦，小朋友乖，不哭不哭，阿姨帮你找爸爸。"年轻女职员边说边推开管理处的门。

管理处里有一位叔叔在，见到年轻女职员走进来，叔叔问："胡主任，开完会了？"

"嗯。"原来这年轻女职员是管理处主任。

"进来吧。"胡主任扭头对瑄瑄说。

叔叔见到瑄瑄和一只猫进来，便问："这孩子是……"

胡主任说："在门口碰见的。他跟爸爸走散了，来找我们帮忙。"

"啊，刚才就有一名男士来求援，说是他五岁的儿子不见了，管理处其他同事都出去帮他找人呢！莫非这孩子……"叔叔急忙走了过来，问瑄瑄，"小朋友，你叫什么名字？"

瑄瑄说："我叫瑄瑄。"

叔叔大喜道："原来就是你，你爸爸都快急死了！我得赶紧告诉他。"

叔叔拿起手机拨通电话，然后大声说："刘先生吗？你儿子在管理处，你赶快来！"

不一会儿，管理处的门被人大力推开了，一个三四十岁的男子冲进来，他满头大汗，头发也凌乱着，瑄瑄一见到他，便扑了过去，喊道："爸爸，爸爸！"

"瑄瑄，急死爸爸了！"刘爸爸一下跪到地上，把儿子使劲地搂着，好像怕搂不紧人就会飞走似的。

好一会儿，父子俩才从失而复得的激动中清醒过来，爸爸站起身，对胡主任和另外那位叔叔鞠了个躬，激动地说："谢谢你们帮我找到儿子。谢谢，真是太感谢了！"

胡主任笑着说："不用谢，这是我们应该做的。不过，我们也没帮你多少，你儿子太聪明了，他是自己上这来找我们帮忙的。"

"啊，真的吗？"刘爸爸惊讶地问儿子。

"不是啦，是小猫咪的功劳。"瑄瑄把晓星抱了起来，告诉爸爸，"我想看飞机，跑到商场外面了，回不来了。小猫咪把我带回来，又带到叔叔阿姨的办公室，让叔叔阿姨帮忙找爸爸。"

胡主任笑着说："小朋友真谦虚，一只小猫怎么知道帮助迷路小孩找爸爸呢，小朋友看童话故事看多了吧！"

瑄瑄嘟着嘴说："是真的！"

"好好好，爸爸知道是真的。"爸爸抬手摸摸晓星的脑袋说，"小猫，谢谢你帮瑄瑄找爸爸。"

"喵……"晓星应了一声，然后从瑄瑄怀里跳下地，又回头朝瑄瑄喵了一声算是说再见，然后就撒腿跑了。

午饭时候快到了，姐姐们找不到自己会着急呢！

"小猫咪，别走！"瑄瑄不舍地追了几步，但晓星早已一溜烟跑远了。

"爸爸，小猫咪走了。我要小猫咪，我要小猫咪……"瑄瑄哭了，他实在舍不得小猫咪。

"不哭不哭，回头爸爸给你买一只小猫，好不好？"爸爸哄道。

"不要，我就要帮助过我的小猫咪。"瑄瑄使劲扭着身子。

"好好好，我把刚才那只小猫咪找回来，让它陪你玩。"

爸爸想，反正每只猫的模样都差不多的，找一只大小和颜色相似的给儿子就行了。

晓星"啪嗒啪嗒"地跑回皇宫去。他出来一个上午，做了两件好事，帮了小女生和瑄瑄，这让他很开心。

第 *14* 章
另一个时空的晓星是猫?

晓星跑回皇宫围墙外,找到了种着石榴树的地方。他用爪子挠挠头,怎么回去呢?他试着使劲往围墙上一跳,第一次跳不上去,还把鼻子撞痛了。再来,第二次还是跳不上去,牙齿被磕了一下,小尖牙差点折断了。不过晓星是只百折不挠的猫,再来!第三次跳,哈哈,终于跳上了墙头。

晓星骄傲地站在墙头,心想我真行啊!看来回来那天跳不上来,完全是因为背着小毛球的缘故。这次还是走旧路,从围墙跳过去抓住树枝,再从树上溜下地,哇,太利索了,自己以后出门就方便多了。

远远见到草坪上有两个家伙在闹腾，原来是小毛球和小香猪笨笨。只见小毛球熟练地爬到了小香猪背上，小香猪似乎不甘心被骑，就使劲甩呀甩呀，把小毛球一下甩地上了。小毛球不服气，又再爬上去，又被甩，就这样被甩好几次，小毛球终于稳稳地扒在小香猪背上了，小香猪不管怎么甩也没能把它甩下，小毛球就像长在它背上似的。

晓星小时候也喜欢赖在爸爸身上玩"骑牛牛"，但绝对不会像小毛球这样死缠烂打。这家伙不知怎的总不想走路，真是天生的懒骨头。

一见到晓星出现，两个家伙都不约而同叫了起来。一个是高兴地告诉晓星，自己有本事让小香猪骑高高了，不用再麻烦猫哥哥了；另一个则是委屈投诉，没天理啊，自己堂堂宠物小香猪，竟然要给一只小猫咪当牛牛骑。

晓星没理这两个笨家伙，自顾自去餐厅找两位姐姐。由它们折腾去！

小岚和晓晴果然在餐厅里，她们在讨论节目的事。上午的会议决定学院出两个节目，一个舞蹈已经定了，是由学院舞蹈队跳荷花舞。荷花舞这节目他们一年前参加全国学界演艺大赛时演出过，只需排练几次就可以上台。

另一个节目是唱歌。上午讨论时，大家都提了很多建

议，独唱，合唱，还是二重唱，或者更大胆的无伴奏人声合唱*，但最后仍未有定论，因为大家都想创出一点新意思。学生会决定把这个节目交由晓晴负责，并要她今天内提出可行的方案。

"无论如何，我们这次都要排一个最精彩、最有特色、水平和创意都压倒全场的节目。"晓晴又捏捏拳头给自己鼓劲，"嗯，演一个全场最优秀的节目，决不能让莫邪得逞。"

怎么这次又跟莫邪扯上关系了？！读者一定记得莫邪，就是在公主杯足球赛中，被宇宙菁英学院的公主队打败的、八达学院霸天队的队长。公主杯被宇宙菁英学院捧走，莫邪就一直耿耿于怀，很不服气，总想报"一箭之仇"。之前成语大赛中，她就出钱请专家培训陀罗国的参赛队伍，好让他们打败乌莎努尔队。只是愿望落空，让乌莎努尔队拿了冠军。

心中一口怨气未出，小心眼的莫邪简直吃不好、睡不安，刚好遇到这次赈灾大会演，又给了她一次认为可以打败宇宙菁英学院的机会。身为八达学院学生会主席的莫邪，公开向宇宙菁英学院挑战，发话要压倒他们，排一个最好的节目，夺取'抗震救灾爱心天使'奖杯。

---

* 无伴奏人声合唱：一种没有乐器伴奏，只用人声演绎的音乐。

小岚和晓晴是刚刚听到消息的。小岚哼了一声，觉得莫邪的所为无聊兼幼稚，根本不屑理会；但晓晴就对莫邪一次又一次的挑衅很气愤，觉得不管是为了筹更多善款，还是打败莫邪，都有必要排一个最精彩的节目，给莫邪一记狠狠的耳光。

"今天就要作决定了，好伤脑筋啊！"晓晴嘟嘟哝哝地说着。

这时晓星进来了，晓晴一见到他就想起了早上被他用石榴掷中额头的事，不由圆睁双眼，说："好你个臭小猫，早上欺负我，还没跟你算账呢！"

晓晴说着，张牙舞爪就想去抓晓星，晓星一溜烟跑到小岚跟前，往她怀里一跳，然后伸出脑袋朝晓晴龇着两只小尖牙扮鬼脸。晓晴伸手想去抓他，被小岚挡住了："嘿嘿嘿，你怎么啦，晓星在的时候就跟晓星闹，晓星不在就跟猫闹，你越活越回去了。"

"咱们不怕哦，姐姐护你！"小岚把晓星放在桌子上，她看着晓星像蓝宝石般的猫眼睛，说，"小家伙，刚才哪去了？回来找不到你。"

"喵，人家出去做了两件好事呢！"晓星喵喵喵地说着上午做的事情，求表扬。

　　只是听在小岚和晓晴的耳中，只是一连串的"喵喵喵"，"喵喵喵"，所以也就不存在表扬的事了。这让晓星有点沮丧。

　　"听说最近城里出现了偷猫贼，以后别自个儿出去玩，让偷猫贼抓走了，就回不来了。"小岚用指头点点晓星的猫鼻子。

　　这时，三名宫女每人捧着一个盘子进来了，盘子上是三份午餐。晓星见了，马上跑到他以前坐的位子，可惜他矮矮的，站在椅子上根本连桌上的东西都看不到，只好又砰地跳上了桌子。

　　一个宫女把装有一只鸡腿和一碗小鱼，还有一碗牛奶的盘子，挪到晓星面前。

　　小岚拍拍晓星的小脑袋，说："昨天看你很喜欢吃鸡腿，所以今天让厨房给你做了一只。"

　　"喵……"晓星喊了一声表示满意，就用两只前爪捧起鸡腿，吃起来了。

　　晓晴朝晓星撇了撇嘴，说："小岚，你有没有发现，这猫很像晓星那家伙。贪吃、小气、记仇……嘿，反正晓星有的坏脾气它都有。"

　　晓星停下咀嚼，朝晓晴翻了一下白眼，表示不满。"你看你看，翻白眼呢！就晓星那德性。"晓晴叫道。

"嗯，我也觉得这小猫咪有些地方跟晓星挺像的。"小岚点了点头表示同意。

小岚姐姐，我本来就是晓星，只是你不认得我了。晓星用幽怨的小眼神看了小岚一眼。

晓晴突然大惊小怪地说："我明白了！看过一篇文章，说是有科学家指出，在某个平行宇宙中，会有一个跟我们一模一样的人。莫非跟晓星一模一样的不是人，而是一只猫？这只猫从平行宇宙中跑到我们这里来了！"

小岚哈哈笑道："晓晴，我觉得你要是写小说的话，说不定会比晓星还要厉害，你太有想象力了。"

"啊，真的？！我真的能胜过那臭小孩！"晓晴没听出小岚的揶揄，其实她早就不忿晓星常常在她面前以小作家自居了，"我今晚就开始动笔。嗯，写什么好呢？对，写自己熟悉的东西，就写晓星变成一只猫，这只猫是世界上最倒霉的猫，它一出生，就经历了被绑架，被打，被追杀，总之厄运连连、九死一生……"

小岚打了她一下："喂，你究竟对弟弟有多大的仇恨啊，竟然把他写得这么惨。"

晓晴哼了哼："谁叫这小子一天到晚就想气我，我也来气气他。"

这边晓晴正说得得意，那边晓星早已火了，他猛地跑过去，把晓晴精心编成的两根小辫子用爪子一挠，挠了一缕头发出来，接着又是一挠、再挠，就那么几下子，打扮得美美的晓晴就披头散发的，跟疯婆子没什么两样了。

"住爪，住爪，臭小猫，看我打你！"晓晴哇哇大叫。就像以往他们两姐弟打架一样，还得出动小岚去调停。

小岚把龇着小尖牙舞着小爪子的晓星抱回来，晓晴趁着小岚抱紧晓星的时候，报复地伸手把晓星柔顺的毛毛揉得乱糟糟的。

嗨，这两姐弟！小岚叹息着。

不过接着她又马上自嘲地笑了，怎么自己潜意识把这小猫当作晓星了。

难不成真如晓晴所说的，另一个平行宇宙的晓星猫跑到这来了。哈哈，怎么会！小岚又马上否定了。

晓星不在家，但有这么一只脾气很像晓星的小猫，也很不错哦！小岚挑了挑眉，把晓晴不依不饶伸过来欺负小猫的魔爪给挡住了。

这时有两个傻傻的家伙来调剂紧张气氛了。小毛球见到猫哥哥窝在小姐姐怀里好舒服的样子，便也跳上桌子，向小岚求抱抱,被晓星一掌推开了。小岚姐姐是我一个人的，你撒娇卖萌也别想做第三者。

小毛球以为猫哥哥跟它玩，竟抱着晓星一只手在桌子上滚来滚去，玩得不亦乐乎。

小香猪也跳上了桌子，见到小毛球的样子，心想，啊，这个老想骑到自己头上的家伙，又来欺负我的小主人了。小主人，我小香猪来救你了！小香猪用身体一撞，小毛球变成了滚地球，滚呀滚……

一时间，餐厅内大乱，猫叫、猪嚎、人喊……

玛娅领着几名宫女进来，好一番努力才把三只小家伙安抚好。生怕他们影响公主吃饭，玛娅把他们带走了。

小岚和晓晴继续吃午饭，这时万卡过来了。小岚问："万卡哥哥吃了没有？"

"没呢，就是打算来蹭顿饭。"万卡笑着说。

"没问题啊，万卡哥哥想吃什么？"小岚问。

万卡看了看手表，说："真有点饿了，能快上的就行。"

小岚叫来小宫女，让她去厨房让厨师尽快做一份杂扒餐，配蘑菇汤，再加杯咖啡。

万卡突然想起了什么，笑嘻嘻地问："听说你们捡了两只小猫回来。很可爱吧？"

"刚才还在这里'大闹天宫'呢！"晓晴一听就气哼哼

地说，"本来小毛球是挺乖的，就是让那只小坏蛋，那只晓星猫给带坏了。"

"晓星猫？怎么给起了这样的名字？"万卡一脸的好奇，"它怎么个坏法？"

"没有啦，我觉得它满聪明可爱的。"小岚兴致勃勃地跟万卡说起了晓星猫的"事迹"。

万卡听得哈哈大笑："怪不得你们把它叫作晓星，还真的跟古灵精怪的晓星很像呢！"

这时万卡的饭餐送来了，万卡一边吃一边问起了赈灾大会演的事。小岚说："学生会开过会了，已经决定搞两个节目，一个舞蹈已经定了跳荷花舞，就是去年我们得奖的那个节目。另一个准备唱歌，但还没想好表演曲目，因为唱歌节目要很出彩不容易，我们肯定没那些专业歌手水平高，所以要出奇兵。选什么歌，用什么形式表演，现在还没下来，为这事晓晴都愁死了。"

"是呀是呀。"晓晴即时做出一副"愁死"的样子。

万卡咽下嘴里食物，然后说："你们怎么不往晓星猫身上想呢，难道你们不觉得他就是令人眼前一亮的元素吗？"

"晓星猫？"真是一言惊醒梦中人啊，小岚的眼睛睁大了，"你意思是，让晓星猫参加表演？"

万卡笑着点点头："这猫挺聪明的，如果它能配合做出动作，那肯定吸引到观众的眼球。"

小岚眼睛一亮，说："对对对！那我们干脆就选一首有关猫的歌曲，这样可以让小猫更多发挥。"

万卡朝小岚伸出大拇指，对她的意见表示赞许。

晓晴在一边听着，眼睛亮亮的装满惊喜。让猫上节目，这绝对是一大亮点啊，这回有希望拿奖杯了。但她马上又露出一副烦恼样子："不过，晓星猫那家伙老跟我闹别扭，不知道它愿不愿意帮忙呢！还有，它毕竟不是人类，万一它表演时拉个便便，撒个尿尿，或者乱跑乱叫，那就糟了。"

"不用担心。它听得懂人话，好好跟它商量，说说好话，应该没问题。"小岚挺有信心的样子。

"那唱什么歌好呢？目前很受欢迎的猫猫歌，我知道的有小风风和小攀攀唱的《我们都来学猫叫》，还有依静、毛言唱的《我是一只猫》，我们选其中一首唱？"晓晴问道。

小岚跃跃欲试地说："不用拾人牙慧，我来作一首好了。可能这几天跟小猫玩的时间多了，我现在感到脑子里满是灵感。"

晓晴大喜："小岚，真是太好了！有你作的歌，又有小猫跳舞这亮点，加上有天籁之音的天才歌手，我们肯定能

争取到可观的捐款。"

小岚看向晓晴,问道:"有天籁之音的天才歌手,谁呀?"

晓晴神秘兮兮地说:"远在天边, 近在眼前。"

小岚把晓晴上下打量一番,说:"该不是说你吧!"

晓晴胸膛一挺,说:"就是本小姐。"

小岚有点嫌弃地看着她:"你们两姐弟怎么都一个德性。"

晓晴不乐意了:"还说是好朋友呢,一点都不信我有唱歌的天分。"

小岚抛给她一个白眼球,说:"天分跟天才,跟天籁之音,差了很多档次吧!"

"人家不就是说得夸张了那么一点点嘛!"晓晴拉着小岚的手撒起娇来,"嗯嗯嗯,这样好了,你写好歌之后,我唱一遍给你听,你满意就由我唱。"

万卡离开以后,小岚用了一个小时,就连词带曲写了出来,歌名就叫《我是一只有爱心的猫》。

"我来唱我来唱!"晓晴拿着歌词哼唱了一会儿,就把歌唱出来了。于是,她又唱又跳地在小岚前演绎了一次。

晓晴这回还真让小岚刮目相看了。她外形青春亮丽,声音柔美悦耳,加上轻快活泼的动作,还真是把这首轻松有趣、充满动感的歌发挥到了极致呢！

　　小岚基本上认同了由晓晴演唱这首歌，但她又交给晓晴一个任务：说服晓星猫参加演出。

　　晓晴一百个不愿意："小岚，求你了，你替我去跟那小气猫说吧！"

　　小岚坚决摇头："不行。跟小猫一块演出的是你。如果你现在不跟它搞好关系，到时在台上给你捣乱，那就糟糕了。"

第 *15* 章
我是一只有爱心的猫

"好小猫,美小猫,宝贝猫,帮个忙好不好?"晓晴把下巴搁在桌子上,一脸讨好地跟面前的猫咪说话。

晓星身子一扭,把屁股对着晓晴。

晓晴对着猫屁股咬牙切齿地,这死小猫真小气,比自己弟弟还记仇。好不容易用自己的天籁歌声说服了小岚让自己上台唱歌,现在又要低声下气求这臭小猫。

晓晴又放软声音:"别那么小气啦,你也不用做什么,只是在姐姐唱歌期间,在适当的地方叫几声、扭几下。帮帮小姐姐,好不好嘛。"

晓星打了个冷战,竟然跟猫撒娇,姐姐,你好肉麻。

晓星把尾巴一扫，差点捅到晓晴的鼻子。

"喂，别那么过分好不好？！我也是为了赈灾募捐，你这只臭小猫，竟然不肯帮忙。死小猫，自私猫，坏蛋猫……"

"喂喂喂，你态度好点行不行！"小岚走了进来。

晓晴气鼓鼓地说："小岚，你不知这个家伙脾气多么臭，我好说歹说，口水都说干了，它却不为所动，把屁屁对着我，用尾巴挠我痒痒……嘤嘤嘤，连猫也给我气受，好难过！"

"晓星！"小岚拍拍手，说，"过来。"

晓星马上狗腿地啪嗒啪嗒跑到小岚面前，朝着她讨好地喵喵着。

晓晴好气啊，怎么同人就不同命呢？

小岚把晓星抱起来，用手指头点点它的鼻子："喂，今天不乖了，淘气欺负姐姐了。你知道吗，这个节目是代表我们学校的，演得好，观众就会捐出更多捐款。人家海蒙国有很多小朋友的家没了，房子倒塌了，需要世界上好心人给他们捐款盖新房子呢！这个节目成不成功，跟你肯不肯帮忙关系很大，因为你是一只聪明的小猫，可以让节目更加精彩，可以使观众更加欢喜。"

晓星专注地看着小岚，听着她说话，很感动她这么耐

心地说服一只小猫。其实自己心里一早就愿意了，只是跟晓晴姐姐斗斗气，逗一下她而已。

晓星正想做出愿意的表示，小岚又说了一句："这主意还是我们万卡国王提议的，他看好你哦！"

哇，晓星一下子神气了。万卡哥哥，你真是慧眼识小猫啊！

我愿意，我愿意。晓星点头，点头，再点头。

"啊，你真是一只聪明猫，爱死你了！"小岚高兴得把小猫抱在怀里，把他的毛揉啊揉的。

嘿，小岚姐姐住手。把人家的毛弄乱了就不漂亮了！晓星喵喵地抗议着。

"男声找了谁唱？"小岚问晓晴。

小岚后来特地听了由依静、毛言唱的《我是一只猫》，觉得这样男女声对唱效果不错，就建议她找一个男生一块表演。晓晴还没回答，她又惋惜地说了一句，"要是晓星在就好了，他跟你唱，肯定合拍。"

晓星在小岚怀里委屈地喵了几声，我在呀，现在就是我跟姐姐一块唱呀，只是你们不知道。

晓晴说："我打算请花美男跟我一块唱。"

晓晴口中的"花美男"，就是之前一块参加成语赛的黄飞鸿。他今年刚考入了宇宙菁英学院，是大学部的大一学生。

小岚在脑子里回忆了一遍黄飞鸿的样子，说："哦，他呀！外形还不错，就不知歌唱得怎样。"

晓晴很得意地说："上次成语队组织了一次'唱K'活动，你有事没去。我和黄飞鸿合唱了一首《传奇》，小伙伴们都惊呆了，差点把手拍烂了。"

"好，你们自己定时间排练吧。记得星期六上午九点回学院彩排，星期日正式演出。"小岚叮嘱说。

"只有几天，时间很紧啊！"晓晴有点苦恼。

小岚瞪她一眼说："你们已经算好了，只有两人一猫，安排排练时间不难。舞蹈队才惨呢，二十个人，召集一次都不容易。"

晓晴想想也是，也不再埋怨了。

小岚有事走了，晓晴打算争取时间排练，就打了个电话给黄飞鸿，约他马上来嫣明苑。

黄飞鸿之前已收到晓晴电邮给他的歌谱，在家已唱了好多次，所以一来就可以跟晓晴一起唱了。根据小岚这个作者的建议，第一、三段由晓晴唱，第二、四段由黄飞鸿唱，第五段就两人一块合唱。而晓星猫呢，就在其中穿插发出叫声。

在哪个地方叫，晓晴跟晓星讲了很多次，因为她不敢保证晓星听没听懂，也不知道晓星记不记得住，直到晓星嫌她烦，生气地用屁股对着她，才住了嘴。

两人一猫第一次合唱时，黄飞鸿就被晓星猫的表现惊得目瞪口呆，这喵星人不但配合完美，在该叫的时候就大声吼，没轮到他叫时就跟着歌曲节拍身子扭呀扭、爪子摇呀摇的卖萌耍帅。这猫简直成精了！

晓晴最高兴了，她没想到这个唱歌节目排得这样顺利。跟黄飞鸿的男女对唱和合唱十分和谐，小气猫的配合也非常完美，完美得真是有点出乎意料了。

看来，这节目很有希望得到大笔捐款，拿到奖杯呢！

晓晴以从没有过的认真练了一次又一次。

已经是第七次练习了。

晓晴唱道："我是活泼的小猫……"

晓星叫道："喵喵喵，喵喵喵。"

晓晴继续唱："上跳跳，下跳跳……"

晓星又叫："喵喵喵，喵喵喵。"

晓晴暗自表扬晓星猫接得好，正想继续唱时，却被一连串的猫叫声打断了："喵噢喵噢喵噢——"

她心里火啊，晓星猫，才乖了一阵子，现在就原形毕露了，来捣乱了。正想发脾气时，又听到了另一种声音，"哼哼哼哼"……咦，这可不是猫叫，是猪叫呢！晓晴更气了，臭小猫竟然还学了猪叫来气我！

可是扭头一看，晓星猫在旁边抿着嘴乖乖地待着呢，捣乱的是跑过来的两个家伙。一大一小，一黑白一粉红，正是小毛球和小香猪笨笨。

原来，小毛球只是打了个小瞌睡，醒来后就不见了猫哥哥，于是东找西找，找不到猫哥哥却遇到了猪哥哥，一番猫同猪的跨种类艰难沟通后，两只结伴来找晓星了。

靠着小香猪天才的嗅觉，一点不困难就找到了。小毛球见到猫哥哥叫得开心，当然要参与，于是也跟着"喵喵喵"乱叫一边，笨笨也不甘示弱，不管三七二十一也宣示一下存在感，以至把排练打断了。

晓晴大怒，喊道："你们俩，一边玩去，别捣乱！"

可惜两名捣乱分子没有理她，不听不听就不听，小毛球只认猫哥，笨笨只认小主人，其他不相干的人，本动物就是不理会。咱们虽然是动物，但动物也是有性格的。

在晓晴气得跳脚时，晓星发话了，喵喵吼了两声，小毛球和笨笨就乖乖在两米外坐下来，做个守纪律的观众了。

第 *16* 章
赈灾会演中的神奇小猫

　　可以容纳五万人的首都大球场座无虚席，为海蒙国灾民筹款的赈灾大会演开始了。

　　场上所有照明灯熄灭，只有五万名参加者手中的烛光在闪烁。台上台下，一起唱起了那首叫作《爱》的赈灾歌曲："点点烛光，温暖心房，有一种力量叫作爱，让你我不再彷徨。献爱心，心相连，重建美好天堂……"

　　当余音还在大球场上空缭绕时，一男一女走上了舞台，男的是国家电视台的首席主持人杜柯，女的就是之前主持过学生成语赛的朱莉，两位都是乌莎努尔的著名主持人。

　　朱莉还是穿着一身中国旗袍，看来她对旗袍特别偏爱，她首先开了腔："女士们先生们，电视机旁的观众们，欢迎观看赈灾大会演文艺演出。今天的大会演，目的是为海蒙国地震灾民募捐，作为他们重建家园的款项。灾难无情人有情，今晚，就请大家献出自己的爱心吧！"

杜柯大约三十来岁的样子，长得高大英俊、气宇轩昂，他接着说："今天演出的有来自四十个机构的五十八个节目，演出会从下午三点，一直延续到晚上十一点。每个节目之后都有一个'献爱心'环节，在场观众如果喜欢这个节目的，可以现场捐赠现金，也可以写支票，而电视观众，就请你们通过热线电话10203040捐钱献爱心。"

朱莉又说："今天的所有善款，我们都会交给海蒙国救灾委员会，让他们用作为灾民盖房子的专项费用。"

杜柯接着宣布："好，下面就请第一个节目的表演者上台，他们来自乌莎芭蕾舞团，演出的节目是芭蕾舞《灾后彩虹》。"

在观众热烈的掌声中，十名男女用轻盈的舞步走上舞台，轻快的音乐声起，十名舞蹈员用优美的舞蹈语言，述说了他们幸福的生活日常。

突然，音乐变成了沉重和紧张，地震来了，房屋倒塌、大厦倾斜……美丽的家园变成废墟，灾民无家可归。

压抑的音乐渐渐变得激昂，变得振奋，展示灾民的勇敢、坚强，以及要用双手在废墟上重建家园的决心……

舞蹈在一片激动人心、充满希望的乐声中结束，观众席马上响起热烈的掌声。

接下来的时间是让观众认捐，认捐结束后，朱莉高兴地宣布："《灾后彩虹》节目得到的善款是四百一十九万五千元，谢谢捐款的好心人。"

杜柯接着报出节目："下一个节目，是由儿童木偶剧团演出的《孙悟空三打白骨精》。"

三名木偶艺人分别拿着孙悟空、唐僧和白骨精三具木偶上台。

《三打白骨精》是中国古典名著《西游记》里的一个故事，讲的是一只叫白骨精的妖怪，化装成善良的少女、老婆婆、老伯伯，想接近唐僧，伺机把他吃掉。唐僧分不清人和妖怪，把他们当作好人。徒弟孙悟空的火眼金睛一眼就看出这是个妖精，于是一次又一次地把白骨精的化身打跑了。唐僧以为孙悟空滥杀无辜，一气之下把他赶走，没了孙悟空保护，唐僧被妖精抓走。孙悟空没有因为被唐僧赶走而记恨在心，他和白骨精大战一场，打死了这个妖怪，把师傅救了出来。

故事情节紧张有趣，三名艺人又把木偶操控得活灵活现,博得了观众的好评,尤其是小观众,把小手掌都拍红了。

这个节目得到了近九百万元的善款。之后的节目,最多的有近千万善款,最少的也获得几十万的捐赠。

精彩节目一个接一个在演出,累计善款总数已达到了九千八百万。晚上八点,终于轮到晓晴他们的节目上场了。

晓晴和黄飞鸿并肩走上了舞台,晓晴的怀里抱着一只猫。

"啊,好可爱的猫!"一个眼尖的小观众率先喊了起来。

"咦,真的,真是一只猫呢!"

"难道猫也参加表演?"

"好期待哦!"

台下议论纷纷。

这时,晓晴和黄飞鸿已经走到舞台中间,那里放了一张高脚圆凳,晓晴把晓星放在圆凳上,自己和黄飞鸿分别站在了两边。

晓晴和黄飞鸿给观众鞠躬,晓星也用两条后腿站了起来,两只前爪合起来,朝观众作揖。观众席上"哄"的一声,人们一下子兴奋起来了。

"好可爱啊,小猫咪给我们'打招呼'呢!"

"原来这猫咪真是来表演节目的。"

　　晓晴等观众安静了些,便看看黄飞鸿,知道他已准备好,便扭头朝乐队指挥点头示意可以开始了。

　　一阵轻快跳跃的前奏过后,晓晴一边做动作一边唱:"我是活泼的小猫……"

　　晓星见晓晴唱完第一句,便摇头晃脑地接上:"喵喵喵,喵喵喵!"

　　"哇!"台下观众都瞪大了眼睛。这猫超级厉害啊,还懂得跟节奏。

晓晴继续唱道："上跳跳，下跳跳。我是活泼的小猫……"

晓星又紧接："喵喵喵，喵喵喵！"

观众们忍不住拍起手来，为小猫叫好。

晓晴又接着唱："左跑跑，右跑跑。"

这时轮到男声了，黄飞鸿唱道："我是能干的小猫……"

晓星干脆站了起来，撅着小屁股左扭右扭，嘴里叫着："喵喵喵，喵喵喵。"

"哗啦啦！"掌声如雷。

超级猫还会跳舞呢！观众席沸腾了。

台上精彩继续。

黄飞鸿唱道："看家护院最勤劳。东瞧瞧，西瞧瞧……"

晓星晃着脑袋："喵喵喵，喵喵喵！"

黄飞鸿唱道："老鼠小偷别想逃。"

又到女声，晓晴唱："我是懒懒的小猫……"

晓星接着："喵喵喵，喵喵喵。"

晓晴唱道："阳光底下好睡觉，擦擦胡子舔舔毛……"

晓星又接了上去："喵喵喵，喵喵喵。"

晓晴做了个揉眼睛、伸懒腰的动作，唱道："揉揉眼睛伸伸腰。"

又到黄飞鸿唱了："我是自在的小猫……"

"喵喵喵，喵喵喵……"

咦，怎么不只晓星一个声音，原来是全场的小孩都跟着喵起来了。台上台下互动着，十分热闹。

黄飞鸿亮起他清亮的歌喉，做着动作："和蝴蝶开开玩笑，跟小主人撒撒娇……"

"喵喵喵，喵喵喵……"

这次声音更响，原来是全场的大人小孩都一起喵起来了。

黄飞鸿大声唱道："日子过得妙妙妙！"

晓晴和黄飞鸿见到全场观众都那么投入，好兴奋啊，他们俩一起大声地唱道："我是有爱心的猫……"

"喵喵喵！喵喵喵！"晓星做人时就是个"人来疯"，即人越多的时候越兴奋，见到自己成为全场焦点，便更加得意，竟然随着音乐节拍用两只前爪起劲地打起拍子。

"哇哦，小猫打拍子！"观众席的小朋友兴奋啊！而大人们都惊讶得张大嘴巴，几乎可以塞进一只鸡蛋了。

晓星那两只小爪子好像有着极大的魔力，观众跟着他的指挥，大声地唱："喵喵喵，喵喵喵！"

晓晴和黄飞鸿又唱又跳："赈灾会演唱唱跳……"

晓星晃动着两只小爪子，和观众一起大声地"喵喵喵，喵喵喵！"

晓晴和黄飞鸿继续唱唱跳跳："帮助别人多快乐……"

晓星挥动着两只小爪子，继续和观众一起大声地"喵喵喵，喵喵喵！"

晓晴和黄飞鸿唱出了最后一句："捐出善款有福报！捐出善款有福报！"

晓星使劲点着脑袋，小爪子打着拍子指挥观众："喵喵喵，喵喵喵！喵喵喵，喵喵喵！喵喵喵，喵喵喵！……"

全场一片"喵喵喵"的声音。不知道的人还以为会场里来了几千只猫咪呢！

当观众从兴奋中清醒过来，就忙着一件事，为神奇小猫的精彩表演捐款！特别是那些小朋友，他们都爱死那只又会跳舞又会打拍子的超级小猫了，不但要爸爸妈妈捐钱，连自己准备买零食呀买玩具呀的零花钱都塞进了捐款箱。

很快，捐款数字出来了，朱莉兴奋地宣布："宇宙菁英学院的表演唱《我是一只有爱心的猫》募得的善款为一千九百五十万。"

"哗啦啦……"全场报以热烈掌声。

"谢谢，谢谢！"晓晴抱着猫，和黄飞鸿一起向观众鞠

躬致谢。

在节目《我是一只有爱心的猫》的激励下，参加会演的演员们更加认真和投入，力求做到完美。在十点多时，莫邪带着他们学院的演出队伍上场了，他们表演的是经典芭蕾舞《天鹅湖》的片段，因为主要演员是请了专业的外援，还有大型管弦乐队现场演奏，水平很高，演出结束后也得到了一千一百万的捐款。

现场气氛没有因太晚而消退，而是更加热情高涨，到大会演结束时，两位主持人激动地宣布，场内场外，合计收到捐款六亿一千二百万元，开创了历年赈灾捐款的最高纪录。

在观众投票结果中，赈灾爱心天使奖由演出《我是一只有爱心的猫》的宇宙菁英学院获得。

晓晴抱着晓星，和黄飞鸿一起再次上台，他们一脸骄傲地接过了由国际慈善基金会秘书长颁授的爱心天使奖杯。

在雷鸣般的掌声中，两人一猫准备走下台。

"嘿，先别走。"这时有人跑上舞台，大声说。

朱莉看向他，原来是杜柯，便问道："怎么了？"

杜柯高兴地说："刚刚收到消息，万卡国王为获得爱心天使奖的《我是一只有爱心的猫》表演机构捐出一笔善款，委托小岚公主代为捐赠。敬请小岚公主上台。"

"耶！"晓晴和黄飞鸿高兴得击掌庆贺，晓星高兴得喵喵叫着，也伸出爪子跟他们拍拍。

小岚拿着一张支票，笑容满面地走上舞台。她接过杜柯递给她的麦克风，说："万卡国王因国事繁忙无法出席赈灾大会演，但他也不时关注现场情况。他很喜欢《我是一只有爱心的猫》这个节目，决定为这个节目捐出一笔善款。"

小岚拿起支票看了看，读出上面数字："万卡国王以个人名义捐出乌莎努尔币，一亿元！"

台下沸腾了，所有人都拼命鼓掌，为国王的善举叫好，同时祝贺《我是一只有爱心的猫》获得会演中最大的一笔捐款。

第 *17* 章
公主的猫

晓星出名了!

赈灾大会演的第二天,皇宫门口来了很多访客——一个个或拿着猫玩具、或提着猫粮的小朋友。昨天的表演令他们难以忘怀,很多小朋友都以晚上不肯睡觉来要挟爸爸妈妈,非要他们答应第二天去探望天才小猫的要求。从新闻报道中,他们知道了那只超级猫生活在皇宫里,是公主的猫。

爸爸妈妈们装作十分无奈的样子答应了。不过他们心里却在暗暗高兴,因为他们也想去看那只小猫,不过怕别人笑话他们,这么大的人了,还跟小孩子一样。所以小朋友的要求正中他们下怀啊！大人有时就是这样，狡猾狡猾的。

于是，第二天，皇宫门口就出现了几千人拿着礼物要求探访小猫晓星的盛况。

守门的卫士看着门口越聚越多的大人小孩，马上去报告小岚公主。这时小岚刚好吃完早餐，正和晓晴一块纠结着今天是做暑期作业，还是去看电影。而晓星就在她们旁边，跟小毛球一起玩着团团转抓尾巴的游戏。

一听到卫士提到自己名字，晓星就马上竖起了小尖耳朵，知道自己成了无数小朋友的偶像，他太得意了。哈哈，我晓星的魅力真是没法挡啊！

他没等小岚说什么，就撒腿往皇宫大门跑去了，急着去见粉丝呢！

站在大门口的大人小孩，一见到晓星跑出来，好激动啊！尤其是小朋友，一个个都争先恐后想去抱晓星，想去跟晓星一块照相。小岚这时也来了，见到小朋友这么喜欢晓星，不可以让他们失望，便吩咐卫士让粉丝们排好队，然后带他们去嫣明苑。

幸好嫣明苑的花园很大，足以容纳几千人，所以所有探访者进去了也没觉得很挤。只是小猫只有一只，几千人

一起，怎么玩儿呢？

小岚想了个办法，就是让小朋友背唐诗，能背三首的，可以摸摸晓星，能背五首的，可以抱抱晓星，还可以照相。

但小岚低估了小朋友的能力，竟然有大半人都可以背出三到五首唐诗，哇，两千多人啊，晓星哪能应付得来。没办法，只好找小毛球客串一下了。

幸好小毛球跟晓星一段时间，正所谓"近朱者赤"，也变成"人来疯"了。它在这么多人面前不但不会害怕，还愈加兴奋地打滚、撒娇、卖萌，所以也收获了不少粉丝，这样才把晓星的压力分担了一部分。

一整天，嫣明苑的花园里，成了欢乐的海洋，大人小孩都玩得十分开心。这场快乐的聚会之后一直留在他们记忆里，直到他们成了别人的爷爷奶奶，还常常跟小孙子们回忆起当日的欢乐情景："想当年呀，我在皇宫和公主的猫一块玩的时候……"

听说那天之后，嫣明苑的宫女整理收到的礼物，累得腰都快断了。因为猫粮堆成了山，猫玩具塞了几十个箱子……

而这天晚上，欢乐聚会的第一主角晓星和第二主角小毛球，都兴奋得不行，初尝偶像滋味的小毛球更是在猫屋里撒了一晚上的欢，直到筋疲力尽才睡去。

第二天，晓星比往常晚了一个小时才起床，想起这两天自己受欢迎的盛况，他心里美滋滋的。看来，暂时做做猫也不错啊！

晓星心情好，当然要唱首歌，他哼哼着："请你不要再迷恋哥，哥只是一个传说。虽然我舍不得，可是我还是要说，你不要再迷恋我，我只是一个传说……"

不过他其实发出的声音也只是"喵喵喵，噢噢噢"而已。

对面小床上没见到小毛球，这小东西大概去找小香猪笨笨炫耀去了，大概是说自己怎么怎么受欢迎，一晚上多了多少粉丝，等等。

晓星哼了哼，然后伸出舌头，用猫的方法洗了把脸，作为一个明星偶像，要注意保持形象啊！

晓星走出小猫屋，见到一名宫女候着，她见到晓星出来，笑得眼儿弯弯的，温声说："小猫咪，醒来了？小岚公主让我带你去餐厅吃早餐。"

晓星认得这宫女叫作芬兰，于是不客气地往上一跳，直接跳到她怀里去了。

宫女把晓星带到餐厅，放到餐桌上。咦，怎么没有人？还以为小岚姐姐她们都在呢！但看看墙上挂钟，原来已经

晓星猫的大冒险

上午八点半了。离七点半早餐时间已过了一个小时，小岚她们一定早已吃过离开了。

宫女拿来一杯牛奶，一个盛满食物的盘子。里面有土豆酥饼、脆皮肠、煎太阳蛋，还有两只鸡翅膀。自从发现晓星猫喜欢吃人类食物，而且无肉不欢之后，小岚就吩咐管家玛娅，给他吃和她们一样的东西。

晓星当仁不让，把东西一扫而光。把一旁站着的宫女吓得小嘴微张，诧异这小小身体怎么装得下这么一大盘的食物。可偏偏这小家伙就吃得面不改色，完了还用舌头把盘子舔一遍，连渣都不留一点。

晓星吃完，朝宫女喵喵两声表示有劳，就跑出去了。他想去找小岚她们玩。

可是他在嫣明苑跑了一圈，收获了无数小宫女"小猫咪早上好"的问候，跑到四脚快抽筋了，都没找到小岚和晓晴。他突然想起，小岚好像说过，今天上午跟晓晴一起去看电影的。

唉，还是做人好啊！做人可以去看电影，做猫就没法去，检票员在进场时肯定就不让进去。晓星有点怏怏不乐地，慢慢踱步回到了那棵石榴树下。

晓星正打算爬上去看看风景，却见到小香猪笨笨站在

那里，抬着猪头傻傻地望着树上。晓星以为树上有什么有趣的，便也抬起猫头往上看。

这时有几个小宫女经过，见到两只小家伙看着树上，也停下来朝树上看。一会儿又有几个小宫女经过，见到这情景也好奇地抬头张望，很快石榴树下聚了一大堆人。

这时有一个男仆经过，问道："喂，你们在看什么？"

一个小宫女指指旁边几个小宫女："我也不知道，看到她们看，我才看的。"

最早来到的一个小宫女指指晓星和笨笨："我是看到小猫咪和小香猪朝树上看才停下来看的。"

晓星听了，急忙抬起前爪，指着身旁的笨笨，意思是它最先看的。

大家的目光嗖地落到笨笨身上。笨笨哼哼哼地表达着什么，可惜谁也听不明白。大家只好摇摇头，离开了。

晓星生气地用前爪拍了笨笨一下，然后走了。他觉得自己被小香猪捉弄了。

晓星没有看见，在他背后，笨笨委屈的样子。

第 *18* 章
小毛球不见了

　　凭着对嫣明苑的熟悉，晓星一点不费劲地在喷水池旁边的假山上，找到了一个既荫凉又可以远望的位置，他把自己缩成一团，舒舒服服地窝在里面。

　　昨晚好像还没睡够，再睡一会儿吧。

　　他发现自己做猫之后懒了很多。但也怪不得自己呀！人闲暇时可以有许多种消遣，看书、打游戏、做运动、郊游、和朋友吹牛皮等，而做猫能有什么消遣呢？除了晒晒太阳，跑跑跳跳，或者和别的猫打打架，就没其他选择了。

　　还是做人好啊！晓星觉得有点郁闷，他迷迷糊糊地睡了一会儿，被一阵奇怪的声音弄醒了。

晓星伸了个懒腰，从假山上伸出脑袋，见到有个胖家伙站在下面，用两只前爪在挠假山，发出刺耳的“吱吱吱吱”的声音。

喵！晓星生气地冲笨笨喊了一声。又来了！捉弄了自己一次还不够吗？想好好睡个觉都不得安生！

他跑下假山，冲着笨笨弓起背，狠狠地喷了它几下，以示气愤。

不过笨笨一点也没理会晓星的不满情绪，只顾用脑袋去拱他。晓星愈加愤怒，大声地“噢呜噢呜”叫嚷着，没想到自己竟然有被小香猪欺负的一天！

笨笨仍不罢休，依然用脑袋一下一下地拱着，推着，把晓星一直推回那棵石榴树下，然后又抬头看着树上。

又来！这小笨猪究竟要搞什么名堂！晓星气得用爪子抓起一块小石头，扔到笨笨身上。

笨笨委屈地噘着嘴，小黑豆眼睛转了转，突然撒开四条腿东跑跑西跑跑，撒着欢。

咦，这动作好像小毛球啊！难道笨笨想告诉自己，它在看小毛球？

晓星这时才想起来，他好像从早上起床就没见过小毛球。难道这小家伙跑到树上去了？但树上明明没有它的踪

影啊！

这时笨笨又换了另一个动作，它爬上了一个矮矮的树桩，又从树桩上往地上一跳。

晓星眨眨眼，难道笨笨想告诉自己，小毛球爬上了石榴树，又从石榴树上跳到宫外了？

回想起昨天那些大小粉丝走的时候，小毛球就依依不舍的，跟在他们后面，一直送到大门口，然后站在那里，直到看不见他们背影才离开。莫非小毛球跑出宫外找它的粉丝去了？

笨笨好像知道晓星已经收到了它的提示，它用鼻子拱着晓星，把他拱到石榴树的树干下，又用脑袋把他往上顶。

"喵喵喵？"晓星问笨笨，你是说小毛球跑出去了，要我去把它找回来吗？

"哼哼哼！"笨笨回答，对呀对呀，快去找它吧！

其实两个家伙根本是语言不通的，只是碰巧揣摩到了对方的意思罢了。

晓星想起之前小岚姐姐讲过，最近城里出现了偷猫贼，心里有点急了，小毛球一个天真单纯的小不点跑出去，万一碰上了偷猫贼怎么办？

得赶紧去把它找回来！

晓星马上付诸行动，他一纵身跳上树干，四只爪子扒住树干，嗖嗖嗖嗖爬上了树，咦，果然有一股小毛球的味儿。这下更证实了自己的猜测，小毛球上过这树。

从树上跳到宫外，这事晓星已干过一次，所以眨眼工夫他就到了宫墙外面。噢，宫墙下有一串小铃铛，是昨天的小粉丝送给小毛球的，晓星更肯定小毛球跑出来了，这小铃铛一定是它跳下来时丢的。

猫的嗅觉虽然没有猪和狗那样灵敏，但还是比人强很多，所以晓星一路费劲地嗅呀嗅呀，寻找着小毛球的踪迹。眼看离皇宫越来越远了，还没有看到小毛球的影子，晓星只能继续往前走，继续找着。

这小家伙胆子真肥，竟敢一只猫走这么远，找到的时候非胖揍你一顿不可！晓星边走边愤愤地想着。

走了二十多分钟，这时离开皇宫已经有很长一段路了，晓星来到一片草地上。草地绿茵茵的一片，还长着许多小黄花，几只蝴蝶在上面飞来飞去。

他又闻到了淡淡的小毛球的气味，看样子这家伙一定在这里待过，它最喜欢做的事情就是在草地上打滚，还有用爪子扑蝴蝶了。

晓星在草地上走了一圈，没有看到小毛球，这家伙之

后去了哪里呢？

怎么办呢？这臭小猫，总是让人操心！

草地上有四五个小朋友在玩老鹰捉小鸡，玩得很开心。晓星啪哒啪哒跑了过去，想问问他们，那只喜欢撒娇卖萌、喜欢抓蝴蝶的小猫去哪了。只是一开腔便是喵的一声，才想起自己没法说话。

正发呆时，扮演鸡妈妈的小女孩看见了他，她停了下来，指着晓星说："咦，这小猫好像是那只会表演节目的天才小猫啊！"

"怎么不玩了？继续玩呀！"扮老鹰的小男孩不满地看了晓星一眼，然后摇头说，"才不像呢，昨天那只天才小猫可聪明了，哪像这只，傻头傻脑的。"

"可它样子就是像嘛，而且都是黄色的。"小女孩还是盯着晓星。

"我说不是就不是。我来了！"小男孩朝"小鸡"们冲了过去。

"不要！不要！"小女孩急忙张开双手拦住"老鹰"，护她的"小鸡"去了。

晓星只好怏怏地离开了那班小朋友。

离小朋友不远的地方，几个上了年纪的老人家在摇摇摆摆地跳舞,边跳边聊着什么。见到一只小黄猫从身边经过,一个穿红衣裳的婆婆停下舞步,对晓星说:"小猫咪,快回家吧!你一只猫在这里逛荡太危险了。"

一个穿绿衣裳的婆婆摇摇头:"桃子姐,它是猫,听不懂你的话的。"

红衣裳婆婆叹了口气:"唉,你说得对。要是猫能听懂人话,早上那只小花猫就会知道我叫它马上逃跑,就不会让坏人抓走了。多么可爱的一只小花猫啊,胖胖的,小小的,就像一团黑白色的小毛球。被坏人装进笼子里时,叫得很凄惨呢!"

"黑白色的小毛球!"晓星听了,马上机警地想到,莫非是那小家伙?!

晓星停下脚步,留心听婆婆们说话。

"真可怜!"一个穿花衣裳的婶婶说,"桃子姐,你看见坏人抓猫,有制止他吗?"

"我喊了几声,但他们没理会。当时附近没有人,我一个老人家哪是他们对手,他们有一男一女两个人呢!"桃子姐沮丧地说。

"那你有没有看见坏人把小猫抓去哪了?我们可以报警的。"绿衣裳婆婆说。

"我本来想跟着他们，看他们上哪儿去的。他们是往东面走的，走得很快，很快我就跟不上了。"桃子姐想了想，又说，"一路走的时候，我听到其中那个男的说了一句'西摸东酷'，好像不是我们国家的语言。"

"啊，难道是外国的偷猫贼？"花衣裳婶婶说，"肯定是了！我也觉得奇怪，我们国家治安多好啊，怎么会有偷猫贼出现呢！"

"'西摸东酷'是什么意思呢？"绿衣裳婆婆皱着眉头，"如果能听懂就好了。说不定是找到坏人的一条线索呢！"

晓星听到桃子姐说"西摸东酷"的时候，耳朵马上竖了起来，因为，他听得懂啊！这是朱地国语"花果山巷"的意思。

之前为了去到朱地国不至于成了哑巴和聋人，特地找人恶补了当地语言。也幸亏朱地国的语言跟乌莎努尔有很多相同之处，所以短短时间也学了不少。而这"西摸东酷"是他听得懂的其中之一。

花果山巷晓星去过。因为这巷子的名字跟西游记里面孙悟空住的花果山名字一样，他挺好奇的，所以有一次路过时特地让司机停车，走去看看是不是有很多猴子，结果去那儿看了几眼，就很不满地走了。不就是一条老旧的巷子嘛，两三层高的小楼看上去已有七八十年历史，大都表层剥落、残破不堪。白浪费了这么特别的一个名字！

莫非偷猫贼把偷到的猫藏在花果山巷？得马上去看看，碰碰运气吧。要不偷猫贼把猫运走了，那小毛球就永远回不来了。

第 *19* 章
小猫晓星的大追踪

　　来不及回去通知小岚姐姐了，不过就是回去也没法说明白。语言不通真麻烦！

　　花果山巷离这里说远不远，坐地铁只有三站路，但如果走路就远了。就坐地铁去！

　　主意一定，晓星就马上撒开四条腿，朝最近的地铁站跑去了。这时间人不多，晓星习惯地想从衣兜里掏公交卡，拍卡进站，但却摸了一手毛，才想起自己现在是一只猫。

　　按地铁公司定下的规则，是不许带动物进车厢的呢！怎么办？

　　管不了那么多了，救猫要紧！晓星哒哒哒地跑进了闸内，然后沿着梯级跑下了月台。刚好一辆地铁列车停在月台上，快要开了，发出"嘟嘟嘟嘟"的关门声。晓星在车门关上的刹那间，飞快地跑进了车厢。又趁着车厢里的乘客没留意他，嗖一下躲进了座椅底下。

车子开动了，晓星松了一口气，幸好没被人发现。要不被赶出车厢，那就糟了。

车子走了一站，又一站，还有一站就到目的地了。晓星正在随时准备下车，突然被出现在眼前的一双闪闪的圆圆的眼睛吓着了。

仔细一看，原来是一个坐在地上的小孩子。小孩子正激动地盯着他，大喊道："爸爸，椅子底下有猫猫！"

"啊。椅子底下怎么会有猫，快点起来，地上脏！"那爸爸说完，伸手去拽小孩子起来。

"不嘛不嘛，就是有猫猫！"小孩子大喊大叫，死也不肯起来。

"真不乖，下次不带你上街！"两只大手把子孩子抱起来了。

"爸爸才不乖，呜呜呜！"小孩子委屈地哭了起来。

可怜的娃！晓星忍不住从椅子底下伸出了猫头，他要亮亮相，不能让孩子受委屈。

"爸爸，快看！猫猫，猫猫！"小孩子大叫着。

"哇，真的有只猫呢！好可爱的猫！"车厢里顿时轰动起来，还有不少人已经拿着手机拍摄。

晓星被热情的人们吓了一跳，正要缩回椅子底下时，车厢门哐一下打开了，原来到站了。晓星箭一般冲了出去，离开了车厢。

当晓星来到地面时，已经累得不行了，只好跳上附近街心公园里的一张椅子，歇一歇。

喘过了气，晓星四处望望，确定了花果山巷的方向，然后就出发了。走了大约十分钟，就从花果山巷的方向传来了砰砰砰的有规律的巨响，那是盖房子打桩的声音。

晓星顿时一愣，咦，该不是花果山巷的房子被推倒重建了吧，那自己就白跑一趟了。那样老旧的一条小巷，又全是低层建筑，常常会被开发商盯上。

晓星迅速跑了过去，幸好花果山巷还在，正在打桩的是相邻的南海巷。

给巷子起名的人大概脑子有点问题吧，花果山不是山，南海也并非海。简直令人莫名其妙。

花果山巷静悄悄的，巷口墙上贴着一张很醒目的告示。告示显然是给人看的而不是给猫看的，因为贴的高度只是方便人的视觉。晓星很费劲才看清告示的内容。原来是一张城市建设部门的公告，通知花果山巷的居民，巷子会于两个月后拆毁重建，请居民们尽快找地方搬走，等建好后再回迁。

怪不得这样清静，可能部分住户已经搬走了。

这样看来，偷猫贼把猫藏在这里的可能性就大增了。因为人越少，罪行被发现的可能性就越小。

问题是，怎样才能知道藏猫的具体地方呢？哪一栋？哪一家？

本来最容易的是，晓星在巷子里走一次，边走边号叫，那一定会引来被囚禁的猫猫们回应，那就可以迅速知道偷猫贼的窝在哪里了。但这样也很容易引起偷猫贼的警惕，给晓星的救猫行动带来困难。另外隔邻正在打桩，不管它怎么大声，相信都会被那巨大的响声淹没。

晓星在巷子里慢慢走着，一边走一边观察，看看那些紧闭的门窗内，有没有被囚禁的猫猫的蛛丝马迹。可惜的是，从巷头走到巷尾，也没发现哪一家有什么异样。

不过也并非全无收获，晓星发现这是一条死巷，即小巷尽头是被堵死了的，这样他就可以蹲在巷口守株待兔，等待偷猫贼运猫走时，再把猫猫救出。

但这法子也有问题，自己总不能一天二十四小时不睡觉呀，如果打个瞌睡，让偷猫贼从自己眼皮底下把猫运走了，那怎么办。

晓星郁闷地转了几圈，发现巷子里有棵大树，心想站得高看得远，上去再观察一下吧，或者会发现什么呢！正想往上爬，一抬头，却见到树杈上站了一只三色猫。

什么叫三色猫，就是身上有着黑、棕、白三种颜色的猫，据说三色猫都是母猫。只见这只三色猫死死地盯着对面一幢房子，脸上满是绝望和悲哀。由于太专注了，以至晓星在树下看了它好一会儿，它仍没发现。

这猫在看什么？晓星脑子里亮光一闪，莫非……莫非这三色猫知道那房子里囚禁着猫，它脸上的绝望和悲哀，是因为……因为那些猫猫里有它的孩子，或者其他亲人、朋友？

很有可能啊！晓星顿时心花怒放，终于找到偷猫贼的贼窝了。

晓星抬头，上下打量着三色猫盯着的房子。那是一幢两层的小楼，跟这条巷子其他房屋一样，都是十分残旧，外墙上抹的灰斑斑驳驳，已看不出原来的颜色。楼下的大门有点废了，仿佛用指甲一抠都能抠出个洞来。

得想办法进屋瞧瞧。晓星绕着房子走了一圈，寻找进去的通道。楼下除了大门，还有两个装着铁条的窗子，那铁条与铁条之间的间隙是用来防人的，以猫的身体大小，应可以进去。但可惜窗子离地面有点高，晓星试了几次，都爬不上去。

又再转了一圈，终于在屋后让他找到了一个进入的地方——厨房的抽气扇。可以从那扇叶之间的小小空隙钻进屋里。

本来这抽气扇的位置也挺高的，不过很幸运，抽气扇附近有根水管，可以从水管爬上去，再跳到抽气扇上面。

说干就干，虽然很费了点周折，晓星还是爬上了抽气扇。抽气扇上挺油腻的，晓星差点就抓不住，幸好手疾眼快，用小爪子死死挠住一个转叶，才没有掉下去。

先看看厨房里有没有人，一定不可以一进去就被抓啊！嗯，运气不错，厨房里静悄悄的。晓星放软身体，从空隙里慢慢地往里面挪、挪、挪，终于把整个身体挪进了屋里。

身上沾了不少油，黏黏的，这让喜欢干净的晓星难受死了。但是，救猫要紧，也顾不上这些了，他迅速地往厨房里面一跳。

第20章
用两只脚走路的猫

没想到把一个铁锅碰落地上了。

晓星吓得小心肝噗噗跳，糟了，如果屋里有人的话，肯定会被发现。幸好隔壁巷子打桩的声音太响，把这铁锅掉落的"哐哐哐"的声响淹没了。

晓星舒了口气，走出了厨房。眼前是一条小走廊，可以见到走廊尽头是一个客厅。他探探头看看没有人，才走了进去。

客厅的家具挺陈旧的，还蒙了很多灰尘，相信是住的人很少打扫。客厅左边有两个房门，其中一个关着，一个虚掩着。晓星走到虚掩着的那个房间门口，用爪子把门再推开一点点，见到里面一张床上，躺着一个人。晓星仔细看了看，那是个中年男人，看上去睡得很熟。

晓星突然双眼圆睁，这张脸好熟悉啊，不就是那个……那个朱地国的偷猫贼阿来吗？！在朱地国作案还不够，竟然又跑到我们乌莎努尔来害猫，这回不把你们绳之以法我就枉为猫！

晓星很想伸出爪子抓那张可恶的脸一把，让他记住教训，以后不再偷猫。不过他知道不能打草惊蛇，如果把他弄醒了，自己就没法救猫了。

按下心中怒火，晓星把门关上，转头去寻猫。楼下找了一圈没找到，他就上了二楼，客厅里有一道楼梯可以直接上二楼的，晓星撒开四条腿啪啪啪跑上楼梯，这时他已经隐约感受到猫的气息。上到二楼，甚至可以透过嘈吵的打桩声音，听到猫叫了。

晓星一阵惊喜，终于找到你们了！

当晓星缓缓推开一个房门时，屋里顿时热闹起来了，几十个声音一起发出喵喵的声音。其中一个特别尖特别大，"喵呜——喵呜——"正是小毛球！

这小家伙一早跑出宫门，想找它的小粉丝玩，没想到遇上两个偷猫贼，被逮到这里。心中害怕时，它无比想念

猫哥哥，幻想着某一刻猫哥哥脚踏祥云，威风凛凛地从天而降，背起它把它救走。没想到，愿望真的成真，看，猫哥哥果然来了，来救自己了！

小毛球不禁从笼子里伸出手，像招财猫那样朝猫哥哥招着。

"蠢家伙！"晓星见到小毛球，这才放了心。

没顾得上管那蠢家伙，晓星就开始寻找逃走途径。房间有窗，但离地面太高了，如果跳下去不知能不能保住猫命。只能从楼下打开大门走了。

晓星打开铁笼子的门，朝里面的猫大喊一声："喵喵喵"！意思是跟我走。看来偷猫贼刚开始犯案，偷到的猫并不多，有四五十只左右。晓星一打开门，里面的猫就争先恐后跑了出来，它们不知是听懂了晓星的话，还是本能地觉得跟着这只猫就能逃出去，反正一只二只跟着晓星，朝楼下跑去。

"阿来，猫逃了，快来抓啊！"突然响起一把女人的尖叫声。

原来是女猫贼詹妮。她半夜和同伙出去偷猫，刚刚才回来睡下，但很快就被噩梦吓醒了，梦中她被千百只张牙舞爪的猫猫袭击、追打，醒来心怦怦乱跳，再也睡不着，便起身去拿安眠药吃。没想到水壶没水，就走进厨房用煤气灶烧开水。才打开火，就听到外面一片嗷嗷声，看到一大群猫一窝蜂从楼上跑下，不禁惊叫起来。

阿来从房间里冲了出来，见了大惊，和詹妮一起朝猫咪们冲了过去，还拿东西去砸它们。猫咪们嗷嗷叫着四散奔逃。

晓星慌了，得赶快打开门逃出去，不然准得被偷猫贼抓回笼子里。

但是门锁有点高啊，晓星怎么跳也跳不到那个高度，更谈不上打开了。正在惶惑时，见到一只大手朝他抓来，是阿来！他只好慌忙逃窜。

慌忙间逃到了厨房，阿来追了进来，晓星一急之下，蹿上了灶台。灶台上正烧着水，阿来伸手去捉晓星时，不小心抓到水壶上，把水壶撞到地上了。阿来手和脚都被烫到了，痛得他哇哇大叫。

晓星回头朝他扮了个鬼脸，阿来一气之下，顺手抓起一叠厨房用的抹手纸，朝晓星扔去。

晓星一闪躲过了，抹手纸散落在煤气灶上，烧了起来。很快把上面吊着的厨柜也烧着了。

阿来吓坏了，急忙跑出厨房，对还在追猫的詹妮喊道：

"快跑，着火了！"

阿来打开大门，跑了出去，詹妮也跟着跑出去了。猫们正被偷猫贼追到气喘吁吁，见到门开了，便嗷嗷叫着，逃了出去。

这时厨房已经烧起来了，冒出滚滚浓烟，烟雾把客厅也笼罩了，晓星见到猫们已经跑了出去，正准备和等着他的小毛球一起离开，忽然听到浓烟中发出微弱的猫叫声。

咦，难道还有猫没逃出去？

喵嗷！晓星朝小毛球吼了一声，让他先离开。见到小毛球没反应，便一脚把它朝大门方向踹了出去，然后转身返回屋里。

透过浓烟，晓星看到客厅的茶几下面躲着一只小三色猫，它正可怜地看过来。

小三色猫？！莫非是外面那只大三色猫的孩子？怎么这样蠢，门开了都不逃。

晓星跑了过去，才发现三色猫软趴趴地瘫在地上，前爪和背上都有血，大概是刚才被偷猫贼的什么东西掷到，受伤了。

眼看厨房的火蔓延到客厅了，得赶快把三色猫带出去，不然就变成烤猫了。

晓星把身子往三色猫身下拱去，想把它背起来，无奈三色猫一下子又掉回地上了，它受了伤一点力气都没有，根本没办法趴在他背上。

　　眼看火烧到身边了，情急之下，晓星什么都不顾了，他用两只前脚把三色猫托起，又"嘿"地一使劲，用两只后腿站了起来，他就像人一样，朝大门走了出去。

　　这时外面已聚了很多邻居，他们见到失火都跑来了，只是没有救火工具，只好打电话报警，然后焦急地远远看着。

　　忽然，他们的眼睛睁大了，一个个目瞪口呆的。天哪，不会是出现幻觉了吧？眼前竟然出现了一只用两只脚走路的猫，而他的两只手，噢，应该是两只前脚，竟然抱了一只受伤的猫，像人走路一样，从屋里走了出来……

看着看着，他们真的出现幻觉了，那小小的一只猫，变成了侠骨忠肝、顶天立地、气壮山河、高大得让他们仰视的救猫英雄……

一个最先清醒过来的邻居，用手机把这奇景拍了下来。

这时，消防车来了，消防员驱赶着人群："大家让让，离远点……"

趁着忙乱，晓星脱离了众人的视线，把三色猫抱到树下。

喵噢，一声大叫，一只大三色猫扑了过来……

晓星把小三色猫轻轻放到大三色猫的怀里，大三色猫拥着孩子，对晓星喵喵着，像是说着感激的话。

猫救出来了，火扑灭了，两名偷猫贼被邻居抓住了。屋子里逃出来那么多猫，这让邻居们想起了近日城中多宗猫咪失踪案，所以没让这两个可疑的租客跑掉，齐心合力把他们扭送到了警察局。

晓星转身潇洒地离开了。他嘴里念着徐志摩的诗："……轻轻的我走了，正如我轻轻的来，我挥一挥衣袖，不带走一片云彩……"

不过，他带走了一只小毛球。

第 *21* 章
全民宠猫

"晓星，这是你吗？这真的是你吗？好帅啊！"晓晴看着互联网上那张相片，嘴巴张得大大的。

当然是我！晓星甩甩尾巴，骄傲地挺起了胸膛。

那位拍下晓星救猫英姿的邻居，把照片发上了互联网，网上顿时炸了，短短几小时内有百多万留言，大家惊讶之余，把这用两条腿走路、从火场中救出一只三色猫的小猫命名为"超级猫""英雄猫"，晓星出名了！

而很快，人们又认出了这只超级猫就是公主的猫——那只在赈灾大会演中大显身手的天才猫，一时间，晓星成了全民宠猫。

　　赖在皇宫门口不肯走的超级猫粉丝排队排了十几里路，来请超级猫做代言拍广告的电话多得令嫣明苑的电话彻底瘫痪了……

　　全民掀起超级猫热，晓星出门也得戴口罩戴墨镜，掩盖真面目。

　　成为全民偶像，可是晓星一向以来的愿望啊！只是有点遗憾，这荣誉是给晓星猫，不是给小帅哥晓星的。

　　看着自己姐姐眼里飞出的粉红心心，晓星朝她嗷了一声，又把小屁屁对着她扭了几扭，跑掉了。

　　他跑到那棵石榴树下，嗖嗖嗖爬了上去，在自己的宝座上坐了下来，他想一只猫静静。

　　想想自己也不枉做猫一回了，数数看：帮助小朋友找爸爸、帮助救灾筹款，还有解救了足足几百条猫命。不是有句话叫"救人一命，胜造七级浮屠"吗？自己救了几百条猫命，已经可以造很多很多浮屠了！

　　另外，还捉到了两名犯案累累的偷猫贼。两名偷猫贼已被警察局拘留，他们对自己罪行供认不讳。原来，他们在朱地国从事偷猫、贩猫的勾当已经很多年了，之前在交货时刻猫被晓星放走了，他们没法向买方交代，便冒险来到乌莎努尔偷猫，还临时租了花果山巷的一间民居做藏猫的地点。

乌莎努尔的猫猫一向备受保护，生活幸福安定，所以全无危机意识，被他们小小哄一下便上当受骗。本想再待半个月，凑够两百只猫便离开，没想到被晓星发现，抓到的猫全部逃掉不算，还落入了法网。

自己做猫一场，已无遗憾，眼下要操心的事情，就是赶紧变回人。

明天就是原计划从朱地国回乌莎努尔的日子，要是到时自己没有出现，两个姐姐和万卡哥哥一定担心死了。

怎么办呢！晓星从早上愁到夜晚，直到困得睁不开眼，迷迷糊糊跑回自己做人时住的房间，跳上床，郁闷无比地入睡了。

一夜做梦，梦到自己彻底变成了一只猫，还跟一只猫女孩结婚，生了一大堆小猫。小猫长大了，又各自生了一堆猫，于是他一天到晚被一群小毛球围着，听着他们叫嚷"爸爸""爷爷""太爷爷""祖爷爷"……就这样子子孙孙地生呀生的，终于有一天，他被成千上万只小猫后代围着、喊着，他高兴得哈哈大笑，笑呀笑呀笑醒了。

窗外晨光明媚，他发现自己只是做了个梦，这才松了口气。床头的定时小闹钟响了起来，之前他每天都这

时候起床的。闹钟奏的是他喜欢的动画片的主题曲《我是一只羊》：

"喜羊羊，美羊羊，懒羊羊，沸羊羊，

慢羊羊，软绵绵，红太狼，灰太狼，

别看我只是一只羊，

绿草因为我变得更香，

天空因为我变得更蓝……"

晓星的心情因这首歌变得愉快起来，车到山前必有路，会有办法的，自己不会永远做猫的。于是，他伸出舌头舔舐自己的爪子，再用湿润的爪子去搓脸。

自从成为猫以后，他渐渐适应了猫的日常习惯，每天起床都会这样给自己洗脸。他用舌头舔呀舔呀做得很认真，连房门被打开，小岚和晓晴走进来都没发现。

"晓星？你……"小岚见到晓星吓了一跳，心想这小孩是什么时候从朱地国回来的，他不是预订了下午的班机吗？但一看到他正在做的事就更是吃惊。她看了晓晴一眼，发现对方跟自己一样，也是一脸的错愕。

晓星发现了两个姐姐，便住了手，他很奇怪姐姐们的表情。干吗呀，没见过猫洗脸吗？

他朝两姐姐扔了一个大白眼，然后又伸出舌头舔手。咦，

他突然愣住了，眼前的手有着五根指头，而不是肉肉的猫爪子。愣了愣，他又小心地用手摸摸脸，鼻子、嘴巴、眼睛、耳朵，这分明是一张人脸啊！

"嗷！"晓星意识到了什么，他大叫一声，拿过床边的镜子一照，啊，那个英俊潇洒、玉树临风的晓星回来了，"啊，我变回人了，我变回人了！哈哈哈哈……"

晓星又是跳又是叫的，好一会才安静下来，看着目瞪口呆的姐姐们："小岚姐姐，晓晴姐姐，我刚经历了一场奇遇……"

其实，小岚和晓晴看看眼前情景，又回想这段时间发生的一切，大体也猜到发生了什么，只是她们都不明白，怎么会有这么诡异的事情发生在晓星身上。

"姐姐，真是好惊险，好刺激啊！"晓星一五一十讲述了自己之前经历的事情，把小岚和晓晴两人弄得一愣一愣的。

晓星的"猫咪生涯"终于结束了。不过，有两件事他始终不明白，为什么自己会变成猫？为什么又突然变回了人？

这个连天下事难不倒的小岚也都想不通。

不过，相信小读者一定都知道发生了什么事，因为答案就在本书的第二章呢！连绝顶聪明的小岚都想不明白的事，你们却一清二楚，是不是很有成就感呀！